Fukase &

存在証明

夜間飛行2

遠野春日

キャラ文庫

この作品はフィクションです。
実在の人物・団体・事件などにはいっさい関係ありません。

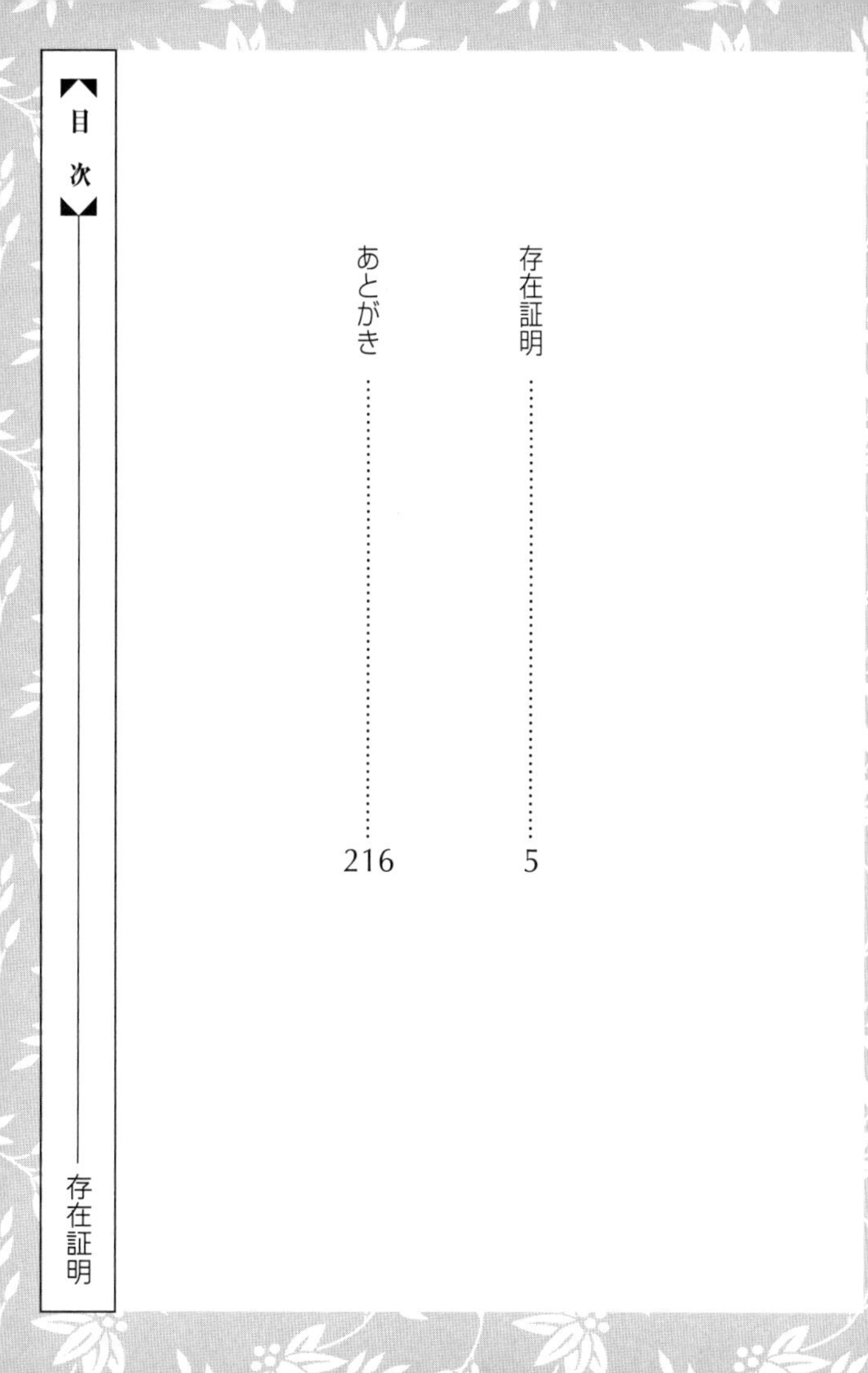

目次

口絵・本文イラスト／笠井あゆみ

プロローグ

『次のニュースです』

　知的な美貌の女性キャスターが、報道フロアから硬い表情で原稿を読み上げる。

『昨日、台東区に住む自称フリーライター、百井静雄、三十八歳が、爆発物取締罰則違反容疑で逮捕されました』

　現在公開できる事実のみが、私見を交えずに淡々と伝えられる。

『百井容疑者は、都内の薬局で大量の化学物質を購入しようとしましたが、用途に不審を覚えた店員が警察に通報しました。駆けつけた警察官を見た百井容疑者はその場から逃走を図りましたが、すぐに身柄を確保され、署に連行されました。警察署で事情を聴いたところ、爆破物を製作するつもりだったと仄めかしており、詳細を追及しています』

　女性キャスターは手元の原稿に視線を落とし、続ける。

『百井容疑者が購入しようとした過酸化水素水やアセトンなどの薬品は、ＴＡＴＰと呼ばれる爆薬の材料としても知られており、大量購入にあたっては使用目的の確認や、身分証の提示を求めるといった指導がされています。百井容疑者は当初、大学の研究室で実験に使用するためだと説明しましたが、身分証の提示を拒むなど不審な点があったため、応対した店員が指導要綱に沿って通報したとのことです』

ＴＡＴＰは過酸化アセトンのことで、過酸化水素水やアセトン、硫酸、塩酸、硝酸などの材料を混ぜて作る爆薬だ。爆発の規模は極めて大きく、殺傷能力が高い上に、分量さえ正確に混ぜ合わせて起爆剤を用意すれば、比較的簡単に製作できる。アセトンはマニキュアの除光液の主成分、過酸化水素水は殺菌剤として一般的に用いられている薬品で、入手もしやすい。

爆弾製作を未然に防げたのは幸いだったと思われた——。

1

　脇坂の隣にいる女性は、四十歳目前にしては見た目若々しく、今まで一度も恋人がいたことがないとは信じ難いほどチャーミングだった。

「明日はデートだ」

　昨晩、脇坂から今日の予定を告げられた深瀬は、悪いとは思いつつ、二人が待ち合わせした場所に自分も出向き、こっそり後を尾けてきた。

　職業柄尾行の心得はあるものの、深瀬の場合、射撃の腕が群を抜いて優秀だと認められ、警察学校を出て派出所勤務を拝命した半年後には、異例の異動で警備部預かりとなり、もっぱら射撃訓練に明け暮れる日々を過ごしてきた。その後、縁あってＳＰだった脇坂と出会い、男同士で付き合うようになって、紆余曲折を経て現在は同じ部署でバディを組む、恋人兼相棒という関係だ。

　脇坂を信じてはいるが、深瀬と違って以前は女性とも付き合ったことがあるらしいので、まんざらでもないかもしれない。どんな顔をしてデートしているのか気になり、じっとしていられなかった。あまり得意ではないと自覚している尾行が脇坂に見つかりませんようにと祈りつつ、梅雨時のどんよりとした曇り空の下、建物や自動販売機の陰に隠れて二人と行動を共にしている。

午前十一時に駅の改札口で落ち合った二人は、初デートに臨むカップルらしい初々しさで、まずは雰囲気のいいカフェレストランに行った。前もって予約していたらしいスムーズさだ。深瀬も店内に入り、二人からは見えづらい柱の陰になる隅の席に案内してもらう。店内は程よく埋まっていて、八割がた女性客だ。相手に合わせたチョイスなのが窺える。

普段は口数が少なく無愛想な脇坂が、自分より六、七歳年上の女性に対しては親しみやすそうな優しい笑顔を見せている。

ぐぬぬ、俺にはそんな顔めったにしないくせに、と不満が湧いてくるが、これしきのことで余裕をなくすのはみっともなさすぎる。

これは仕事だ。脇坂は仕事であの女性と会っているだけで、プライベートでの恋人は深瀬なのだからヤキモチを焼く必要はない。そう自分に言い聞かせる。この依頼は断ってもよかったのでは、と思う気持ちも実のところ燻らせているが、所長は脇坂だし、脇坂が俺のほうが適任だと自ら引き受けた以上、深瀬が四の五の言える立場ではなかった。

恋人が見ず知らずの依頼人に微笑みかける姿を目の隅に置きながら、深瀬もデートにうってつけのオシャレなカフェレストランでランチプレートを食べた。盛り付けも味も、なかなかセンスがいい。脇坂は無骨そうでいて、案外気の利いた振る舞いをする。このあたりのギャップも深瀬は密(ひそ)かに楽しませてもらっている。

食事の後は近くの老舗百貨店でショッピングだ。仲睦まじくフロアを一階から順に見て歩く二人に、距離を置いてついて行く。

勢いに任せて脇坂の仕事ぶりを監視するようなまねをしてしまったが、次第に、我ながら何やってるんだろうという虚しさや、事件でもないのに個人的な興味から後を尾けていることへの罪悪感が増し、精神的に凹(へこ)みだしてきた。

十一時から三時までの四時間、新宿(しんじゅく)で、女性に付き合いデートをする。これが今回脇坂が単独で受けた仕事内容だ。夜逃げの手伝い、脱走した飼い猫の捜索、隣家の敷地に枝を伸ばした木の剪定(せんてい)と、これまでにも様々な依頼があったが、女性とデートというのは深瀬からするとまさかという感じで、ちょっと動揺した。仕事とはいえ、すんなり認めがたく、みっともないのを承知で様子を窺いに来たが、脇坂はあくまでも誠実に務めを果たしている。

買い物は基本外商任せという家で育った深瀬は、百貨店の各フロアをこれといった目的もなく歩き回る、いわゆるウインドーショッピングのようなことをした経験があまりなく、一時間もすると退屈してきた。

一旦六階まで上がり、再び四階、二階を経て一階に戻り、最初に見ていた帽子売り場で、梅雨明けしたら出番が増えそうな夏用の帽子を試す女性に、脇坂は辛抱強く付き合っている。

あいつ、やっぱり大したもんだな、と深瀬はつくづく感心する。

本職をカムフラージュするためにやっている何でも屋でも、仕事はきっちりこなす。深瀬も何度か『脇坂サポートサービス』に舞い込んだ便利屋の仕事を手伝ったが、今回の依頼ほど面倒くさく感じたものはなかった気がする。

かれこれ十五分ほど迷った末に、女性はようやく納得のいく買い物ができたようだ。

四時間の約束なので、残りはあと三十分ほどだ。もう十分脇坂の仕事ぶりは見届けたので、そろそろ切り上げて帰るか、と深瀬がその場を離れようとした矢先、脇坂の携帯に電話かメールが着信したようだった。

ちょっとすみません、と脇坂は女性に断りを入れ、体の向きを変えて女性に背を向ける形でスマートフォンを確認する。

脇坂たちの後方にいた深瀬は、手にしたスマートフォンから顔を上げた脇坂が、最初から当然気づいていたという表情で視線を合わせてきたとき、だよな、と苦笑いするしかなかった。誤魔化しようもない。

バツの悪さは、脇坂の真剣な顔つきを見てたちどころに霧散する。

仕事だ。

鋭い眼差しが、事務所に戻れ、と言っていた。

了解。

深瀬も目で返事をする。

一足先に引き揚げるべく踵を返す。

おそらく脇坂も、急用ができたと女性に詫びを入れ、すぐに追いついてくるだろう。

*

一昨日、百井静雄なる男が爆発物取締罰則違反容疑で逮捕されたことは、深瀬も脇坂も報道を通じて知っていた。

「で、百井の自宅から押収したパソコンを調べたら、百井はすでに爆弾を一つ完成させていて、それを誰かに売り渡していたとわかったわけですか」

深瀬は、デスクに着いた脇坂の傍に立ち、脇坂が開いているノートパソコンを覗き込みながら、画面に映った野上藤征警視に丁寧な言葉遣いで確かめる。

深瀬心と脇坂祐一の本業は、警視庁公安部の捜査官だ。

極秘任務に従事することが多く、現在は警視庁を離れて、脇坂が立ち上げた便利屋『脇坂サポートサービス』を隠れ蓑に、野上の指示で動いている。

野上自身も表の顔は警視庁捜査一課の係長だが、実際は警察庁警備局警備企画課、通称ゼロと呼ばれる中央指揮命令センターの人間だ。深瀬も最近になってようやく野上本人の口から聞くことができた。

先ほど、脇坂が便利屋の仕事をしていたときに野上から連絡が来て、脇坂と深瀬は今、西新宿にある『脇坂サポートサービス』の事務所で、野上から新たな任務についてウェブで指示を受けている。

『削除されていたメールを復元して、そのやりとりを見つけた。先週受け渡しを終えており、百井の口座に代金と思しき高額の振り込みがされている。受け渡しは非対面で行われたが、取り引きに使用したコインロッカーの場所を百井が供述したので、付近の防犯カメラをチェックし、百井が預けた荷物を持ち去った人物を特定した』

画面に、解像度を上げて拡大鮮明化した静止画像が現れる。

『顔認証システムを用いて警察のデータベースに照会してみたら、この男がヒットした』

次に現れたのは、前科者の犯罪歴が記載されたプロフィールカード。正面を向いた顔写真付きで、警察に勤務していればお馴染みの資料だ。

「斎賀庸治（さいがようじ）、三十一歳。二年前公務執行妨害で逮捕されているな。国会議事堂前で大規模な反政府デモがあったときか」

　脇坂が逮捕日時を見てすぐ気づく。

『その通り。興奮した市民と警察隊が衝突して怪我人（けがにん）が出る騒ぎになったときの逮捕者の一人だ。不起訴になって二日後には放免されている。インターネット上で政府批判を繰り返し、デモを扇動した内の一人のようだが、公安の監視対象になるほどではなく、これまでノーチェックだった人物だ。現住所は不明で、コインロッカーから荷物を受け出す前後の足取りも、途中までしか追えていない。逮捕時は無職と記録されており、現在の職業も不詳。捜査員を増やして本人に関する情報を集めさせているところだ。頻繁に書き込みしていたＳＮＳのアカウントは特定されているので、そちらの解析も急がせている』

「ほぼ何もわかってない状態ですね」

　ついぽろっと漏らした深瀬を、脇坂が視線を上げて一瞥（いちべつ）する。画面の中の野上は、微（かす）かに唇の端を上げて苦笑いすると、深瀬の正直すぎる発言を『否定できない』と受け止めた。

『斎賀には同志のような感じの仲間がいるようだ。人数もメンバーも、どの程度の繋（つな）がりかも不明だが、単独で動いているわけではないことは頭に入れておいてくれ』

「ネットの書き込みやデモの際に、抗議の対象となる人物や団体名を挙げているなら、爆弾テロの標的を絞り込めるかもしれない。その点は？」

　脇坂は野上に対して、深瀬ほどしゃちほこばった喋り方をしない。野上の希望を踏まえてそうしているようだ。元々二人は同期で、所轄署勤務だったときにはペアを組んで捜査に当たっていたという。その後、キャリア組の野上はあっという間に昇進し、現在は上司と部下の関係だが、野上個人は脇坂と昔のようにざっくばらんに付き合いたいらしい。

『威力業務妨害等になりかねない不用意な発言はしていないものの、このあたりを槍玉に挙げているんだろうと察せられるものはいくつか確認されている。不正な政治献金疑惑が取り沙汰されたことのある与党の大物や、反社会勢力との癒着が黒い噂になっている議員、事務所費問題で説明責任を果たさず秘書の責任にして幕引きし悪質だと世間から叩かれた元大臣』

「天沼惣一、向井健吉、鳥飼平次郎、かな」

「全員特定できるな」

　脇坂の後を引き継いで深瀬が一人一人名指しする。

『今のところ、この三名が標的にされる可能性が高そうだとの見方が濃厚で、それぞれに捜査員を割り当て、身辺警護の強化と周囲の警戒を徹底することになった』

「爆発物の詳細は？　百井から聞き出せたんですか」

『ああ。時限装置付きのパイプ爆弾で、家一軒半壊させるほどの威力があると。実家の裏山で

同タイプの爆弾の爆破実験をして確かめたと言っている。その時の様子を撮影した動画を見せて取り引きしたそうだ』

「斎賀も納得の出来だったわけか」

「資金集めパーティーとか講演会とか、人が集まる場所に仕掛けられたら一般市民にも被害が及びかねませんね。危ないな」

『斎賀は、悪徳政治家を支援するのは愚民、同罪だと発言しているので、民衆を巻き添えにするのも厭わない感じだ。通常国会が十日前に閉会したので、これから冬にかけて後援会イベントや勉強会、ミニ集会などが催される機会も多くなる。先ほど名前が挙がった三人が関係するもの以外にも、斎賀が狙いそうな会合やセミナーが見受けられる。百井とやり取りしたメールの文面からして、爆破計画はそう先のことではないと考えられるので、とりあえず来月と再来月に都内近郊で開催されるものに絞って注意喚起して回ることになった。きみたちにも動いてもらっていいか』

「了解」

脇坂に続いて深瀬も「はい」と返事をする。

捜査のメインは名前の挙がった三人のほうだとしても、それ以外の可能性を潰していくのも必要な仕事だ。深瀬も脇坂も功を立てて出世したいとは露ほども思っておらず、枝葉の捜査を任されようが気にならない。

「もとより任務に就いていないときは、俺たち何でも屋だしな」

野上とのウェブ会議を終えて通信を切ったあと深瀬は軽口を叩く。今のこの立場を気に入っており、脇坂と一緒なら本気で何でも屋になってもいいと常から思っているほどだ。

「そうだ。さっきの女性、約束の時間より早めに切り上げるの、文句言われなかったのか」

ふと思い出して聞く。

「ああ。残り三十分ほどだったし、ちょうど買い物がすんで一段落したところだったから、こちらが申し訳なくなるほどすんなり承知してくれた。無論、短縮分の料金は返金する」

「それまで過ごした時間が充実していて、満足してたんだろ」

ずっとついて回っていたので、深瀬は、脇坂がデート相手を務めるという仕事を誠実にこなし、女性を楽しませていたことを知っている。

「おまえ、ああいう振る舞いも、その気になればできるんだな」

嫌味ではなく、心から感心して言う。

脇坂はジロリと深瀬を一睨みし、そっけなく釘を刺してくる。

「わかったら次からは余計な心配はするな。後を尾けられるのは気分のいいものじゃない」

「……ごめん」

そうだった。藪蛇（やぶへび）だった、と深瀬は首を竦（すく）める。

そのとき、ポン、と軽い電子音がした。

「野上が対象のリストを送ってきた」

「相変わらず仕事が早いなぁ」

深瀬は気まずくなりかけたのを救われた心地で、脇坂が画面に開いたファイルを横から覗き込む。

「俺たちに割り振られたのは八件か。議員主催じゃないのもあるな。どれから当たる？」

「これだろうな」

脇坂は迷うことなく地域防災に関する意見交換会を指差す。

「主催者は衆議院議員の斯波武則（しばたけのり）か。あー、確かにこの中では一番大物かも」

深瀬にもすぐに合点がいった。

「元通産大臣、斯波信寛（のぶひろ）の婿養子だっけ。若手……って言っても五十超えてるけど、同程度の政治家の中では頭ひとつ抜けていて、与党内でも将来有望視されてるよな。過去に総理経験者を輩出している名門斯波家がバックについているから、次の組閣の際にはいよいよ入閣するんじゃないかって噂もある。政治家としては特に目立った活躍はしてないが、好感度が高い整った外見で女性票の獲得に貢献しているのは間違いない。今の政治に物申したい改革派にとっては気に食わない存在かもしれないいな」

「いちおうクリーンなイメージで通ってはいるようだな」

脇坂はインターネットで検索をかけ、ざっと斯波武則に関する情報を浚っていた。

「中身の薄い発言でたびたび顰蹙や失笑を買ったりしてるけど、立ち回りのうまさは若手の中ではダントツだよね。処世術に長けていて、運も味方してるタイプ。行動は慎重で隙を見せず、今のところスキャンダルの類はなし。あ、あと愛妻家で有名」

「今から会いに行ってみるか」

脇坂は腕時計に視線を落として言うなり、ノートパソコンを閉じて立ち上がる。

「アポは？」

深瀬は部屋の隅に置かれたポールハンガーに掛けてあったスーツの上着に袖を通しつつ、念のため聞く。

「直接行ったほうが早い。いなければ出直すまでだ」

脇坂の返事は予想通りだった。

外は相変わらず雨こそ降っていないものの、梅雨特有のジメジメした重たい空気が体にまとわりつくようで、新宿駅まで歩く間に肌がべたついてきた。

淀んだぬるい水の中を掻き分けながら進んでいるようだ……と思いつつ、半歩先を颯爽と歩く脇坂の姿勢のよさにこっそり惚れ惚れする。

仕事中にも拘らずけじめがなくて恥ずかしい限りだが、深瀬は脇坂に参っているので、存在を目にするだけでいつでも歓喜が込み上げ、幸せな気分になれてしまう。

一年近く前まで警視庁警備部警護課警護第二係に所属していた脇坂は、要人警護担当のSPだったエリートだ。そして深瀬も三ヶ月前までは警備部警備第一課にいた。脇坂とは、同じ警備部勤務同士ということでまず顔見知りになった。それからしばらくして、脇坂とタッグを組んで任務につくイレギュラーな要請が来て、一度きりのはずが二度三度と重なるうちに、自然とプライベートでも付き合うようになった。親しい同僚同士だったのが、男同士で恋愛する関係になるまで、さして時間はかからなかったのだ。その後、脇坂側の事情で一度別れたが、あまりにも一方的すぎて深瀬は納得できず、行方をくらました脇坂を八ヶ月あまり捜し続けた。

そして三ヶ月前、脇坂とようやく再会して、中東の国シャティーラで久々にまた一緒に仕事をすることになり、やっぱり脇坂が好きだ、離れたくないと痛感した。脇坂のほうから、もう一度付き合ってほしいと言われたときは、嬉しさのあまり気持ちばかりか体まで宙に浮きそうだった。

もう二度と別れたくない。今は一緒にいられて日々幸せを噛み締めているが、また黙っていなくなるのではないかという不安とも常に背中合わせだ。脇坂は口数が少ない上に、感情を抑えることに長けている。めったに表情や態度に出すことがなく、何を考えているのかわかりづらい。幸せの上に胡座をかいていると、気づいた時には愛想を尽かされているやもしれず、油断できない。おまけに、どうやら深瀬は思っていた以上に嫉妬深いようだ。最近自覚した。

やはり恋愛はたくさん惚れているほうが弱いよなぁと、恨めしさ半分、けれどそういう自分が嫌いではない肯定感半分といった心境で、肩幅の広い背中を見つめる。少しでも歩く速度を緩めると、たちまち引き離され、脇坂だけ先に行ってしまいそうなので、気は抜かない。身長百八十センチをゆうに超える脇坂と比べたら深瀬はだいぶ細くて小柄だが、身体能力は見かけより高いと言っていいだろう。脇坂もそれを認めているから、深瀬がちゃんと付いてきているか振り返って確かめようともせず、前だけ見て足早に歩くのだ。

「議員会館って、国会閉会中も三百六十五日二十四時間、秘書か誰かが入館証さえ出せば入れるんだっけ。この分だと四時過ぎには着けるだろうけど」

深瀬は歩幅を大きくして二歩で脇坂と肩を並べる。

「閉会中でも秘書の一人くらい事務所に残しているだろう。議員の予定は秘書に聞くのが手っ取り早い。斯波議員の選挙区は東京三区だ。議員会館にいなければ地元事務所だろうが、どっちに行くのもさして手間じゃない」

「先に秘書から話を聞いたほうが効率いいかもしれないよな」

基本的に深瀬は政治家の先生が苦手で、会わずにすむならそのほうがありがたい。

丸ノ内（まるのうち）線を国会議事堂前駅で降り、地下通路を通って議員会館に行く。

警察とはいえ入館に際しては面会証に記入し、金属探知機によるセキュリティチェックを受けなければならない。受付に面会証を提出する際、監視カメラで顔を映されており、画像が訪問先の議員事務所に送られる。それを見て相手方は訪問の可否を判断する仕組みだ。許可が下りなければ門前払いということになる。

幸い斯波議員の事務所には公設秘書がいて、訪問を認めてくれた。斯波議員本人は不在だが、自分で役に立てるならどうぞ、とすんなり承諾する。ただし執務中なので手短にお願いします、と釘を刺された。感じは悪くないが、一筋縄ではいかなそうだ。政治家の秘書は多かれ少なかれ食えないイメージが深瀬にはあるので、想像通りと言えばまさしくだ。

入館証をかざしてセキュリティゲートを通り、閉会中で人が減って閑散とした印象の議員会館内に入る。

斯波武則議員の事務所は衆議院第一議員会館の四階にあるとのことで、エレベータで向かうと、ずらっと扉が並んだ長い通路の中程に、まだ若そうな男性が立っており、こちらを見て会釈してきた。わざわざ迎えに出てくれていたようだ。

「斯波武則の秘書をしております、芦名正樹（あしなまさき）です」

渡された名刺には第二公設秘書の肩書きが入っている。年齢的には深瀬より少し若いくらいに見えるが、しっかりしていて有能そうだ。いきなり警察が訪ねてきても、たじろいだ様子もない。落ち着き払った物腰には優雅さがあり、話し方はソフトで丁寧だ。一言一句明瞭に喋るので聞き取りやすい。ごく普通の価格帯と思しきダークカラーのスーツを、センスよく着こなしている点も印象深かった。派手さはないが垢抜けた感じで、目立ちすぎもせず、分を弁えたところに賢さとそつのなさが出ている気がする。ゆくゆくは政治家を目指しているなど、野心はあるのだろうと深瀬には思われた。

「警視庁公安部の脇坂です」

「同じく、深瀬です」

脇坂に続いて深瀬も名乗る。

芦名は深瀬の顔を心持ち長く見据え、僅かに目を眇めた。

「……？」

何か、と深瀬が問う視線を向けると、芦名は思いも寄らないことを口にした。

「トレーディングカード……」

「は？」

虚を突かれ、あからさまに訝しむ声を出すと、芦名はすぐに気を取り直した様子で自嘲気味にうっすら笑い「なんでもありません」と取り繕った。

そうは言われても深瀬は気になったが、芦名はこの件は終わりだという態度で、もうこちらを見ようともせず、引き下がるしかなかった。

「どうぞ、お入りください」

ドアを開けて事務所に通される。

十名ほど座れる大きなテーブルが置かれた事務室があり、壁の向こうに議員の執務室と応接室がある。この間取りは全事務所共通だ。床にはシックな色みのカーペットが敷き詰められており、棚やデスクなど作り付けの備品はナチュラルなブラウンで統一されている。

一議員あたり百平米はありそうな広々とした事務所内には他に誰もいなかった。会期中は、政策秘書をはじめ、公設秘書、私設秘書、事務員らがここで執務し、来客の応対などもするのだが、今日は芦名以外のスタッフは斯波議員の地元である品川区の事務所にいるそうだ。

短辺にカーブのついた木製の会議用テーブルには、座り心地のよさそうな椅子が多数配されていて、端寄りにビジネス電話が一台載っている。深瀬は脇坂と横並びに座った。芦名は二人と向かい合わず、短辺に一脚置かれた事務用のハイバックチェアに着く。電話を取りやすい席で、どうやらそこが芦名の定位置らしい。

空調の利いた室内はエアコンの作動音が微かにするだけで、ちょっとよそよそしさを感じるくらい静かだ。隅にハート型をした幅広の薄い葉をつけた観葉植物の大鉢が置かれている。備え付けの家具を除けば、それ以外によけいなインテリアはなく、清貧をモットーとし、格差のない社会の実現を目指すことを己の政治理念に掲げている斯波らしいと言えばらしかった。

「お話はわかりました」

脇坂が訪問の目的を簡潔に説明すると、芦名は脇坂に顔を向け、特に危機感を覚えたふうもなく穏やかな口調で続ける。

「確かに先生は来月地元でタウンミーティングを行う予定になっています。地域防災に関する意見交換会で、参加者は三十名ほどです。参加に際しては要事前登録で、受付はすでに終了しています。規模の小さな集まりですし、来場者の身元も把握できていますので、不審者が紛れ込む可能性は低いと思いますよ」

事態を甘く見ているというより、理論的に考えた上での冷静な判断のようだ。

「そもそも、先生がテロの標的にされるとは考えられません。勉強熱心で努力を惜しまれない立派な方です。有権者からの支持も高く、国政に必要な方だと思われています。三期連続当選したのがなによりの証ではないでしょうか。実際、清廉で誠実なお人柄ですよ。私は先生にお仕えできて幸運だと思っています。どこからも恨みを買う謂れはないと思いますが。まぁ、あえて言えば、次こそは入閣するのではないかと毎回話題になりますので、同業の方々からやっかまれているということはあるかもしれません」

さらさらと淀みなく話す芦名からは感情があまり伝わってこず、斯波議員に対する心酔ぶりや尊敬の念がどこまで本心なのかわからない。そんなふうに深瀬はちょっと意地悪なことを考えてしまったが、それには、芦名がずっと脇坂ばかりを見て、深瀬にはちらとも視線を向けない、ということも影響していた。

わざとだろうか。よほど最初の印象が悪くて、避けられているのだろうか。言い掛けてやめた言葉の件が頭にあり、それを切り離して考えられない。それとも、この場で話を進めているのが脇坂で、深瀬はおまけのように傍に控えているだけなので、脇坂を話す相手と定めているに過ぎないのか。いずれにせよ、深瀬にとって芦名の態度は感じがいいとは思えず、つい穿った見方をしてしまう。

「今のところどこが狙われているのか特定するだけの情報が不足していますので、何か不審なことがあったときにはすぐ連絡をお願いします」

「承知いたしました。お話を念頭において先生の身辺に気をつけておきます」

「念のため議員にもお話を伺いたいのですが、今どちらにおいででしょうか」

「今日は夕方まで大井の事務所にいらっしゃいます。その後はご自宅にお戻りの予定です」

芦名は少々お待ちください、と席を立ち、会議室に備え付けてある固定電話から短縮ダイヤ

ルで電話をかけた。かけた先は斯波の地元事務所だろう。電話に出た相手はやはり秘書らしく、芦名は脇坂の要望を伝えて議員の意向を確認してもらっている。

議員は警察が訪ねてくることを歓迎していない感じだったが、一度お会いになっておいたほうがいざというとき連携が取りやすいかと、という芦名の言葉に考えを改めたようだ。

芦名は五分ほどで通話を終え、ここでもやはり脇坂だけを見てふわりと微笑みかけてきた。

「五時半から十分だけなら、とのことです。言わずもがなでしょうが、先生はお忙しい身でいらっしゃいます。くれぐれも煩わせることがないようにお願いいたします」

「要件だけお話ししたらすぐ失礼します。お手配いただきありがとうございます」

「どういたしまして。私は秘書としてやるべきことをしたまでです」

来たとき同様、事務所前の廊下で芦名に見送られる。

深瀬はどうにも納得がいかず、エレベータに向かう途中、脇坂に不満をぶちまけた。

「なぁ。あれってわざと?」

「彼が俺だけを相手にして、おまえをずっと無視していたことか」

「やっぱり気づいてたんだな。そりゃ気づくよな、あんなあからさまだったら」

「おまえの気を引きたかったのかもな」

「そうかなぁ」

「おまえに関心があるようだった」

「あの最初に言い掛けたあれ？」

それ以外に思い当たることがなかったが、深瀬はいまだにあれがなんだったのか意味がわからず困惑していた。

「明らかにおまえがどこの深瀬か知っている感じだった。政治家の秘書なんてやってたらいろいろな場所に出入りするだろうから、深瀬家がらみの祝宴だか集いだかでおまえを見かけたことがあるんじゃないか」

「いや、俺はもう何年も実家のパーティー的な行事には顔出してない。それに、あいつが俺の顔を見たのは本当にあの時だけで、にこりともしなかった。どう転んでもいい印象は持たれてない気がする」

「最初、一秒近く視線を釘付けにしていたな。その後は確かに俺しか見なかった」

「でもなんで？　俺はてっきりおまえを気に入ったからかと思って妬きそうになったよ」

深瀬が隠しもせずにぼやくと、脇坂はフッと口元を緩ませた。

「そいつは光栄だな」

ポンと背中を押すように優しく叩かれる。軽いスキンシップだったが、ずっとモヤモヤしていた深瀬は、それだけで気分が少し晴れた。

「彼が何を思ってあんな態度を取ったのか、そして、はじめに何を言い掛けたのかは、俺にもわからない」

「だよな。でも、変なやつ、の一言では片付けられない感じだったろ」

深瀬の言葉に脇坂も頷(うなず)き、同意する。

「頭が回って親切なだけの人間ではないと俺も思った。まだ若くて、政治家秘書としての経験値は低そうだが、留守中の事務所を一人で任されるくらい議員に買われているんだろう」

「あいつに興味が湧く？」

芦名のすらりとした体つきと、色白で端整な顔立ちを頭に浮かべ、深瀬は冗談のつもりで聞いた。

「ああ」

脇坂は躊躇(ためら)いもせずに認める。これで僅かでも表情が和らいでいたら深瀬の胸中は穏やかでなかったが、脇坂の顔は硬く引き締まったままで、任務以外のことは頭にないようだった。そりゃそうだよな、こいつはそういう男だ、と気を取り直す。

芦名にはどこか秘密の匂いがする。捜査員としての勘で深瀬は漠然と感じているが、脇坂も何か引っ掛かりを覚えたらしい。それが今回の事件と直接関係があることなのか、はたまた全然別の隠し事をしているのかは不明だが、何かありそうだという感触は二人ながらにして受けたようだ。

衆議院議員斯波武則の地元事務所は区役所の近くにあった。

永田町(ながたちょう)から急いで移動し、五時半ちょうどに訪ねると、ここでは第一公設秘書が応対に出てきて、すぐに議員の執務室に案内された。芦名は二十代と思しき若さだったが、第一秘書は六十を過ぎていそうな老成した印象の人物だ。元々は義父である斯波信寛の秘書をしていたそうで、二代にわたって仕えている忠義者とのことだ。ここに来るまでに、深瀬はインターネットで一通り調べていた。

斯波武則に関しては、国会答弁などでもちょくちょく目にするので、容貌や、一般に通っている人物像は把握している。実際に会ったときの第一印象は、その認識を大きく変えるものではなかった。好感度の高い爽やかな雰囲気、中年太りが出始めて顎や頬にたるみはあるが、若い頃はさぞかし見栄えがしたであろう顔立ち。話し方もソフトで、威圧的なところは微塵(みじん)も感じられず、弱者の懐にすっと入り込んで、自分は味方だ、力になるから頼っていいよ、と励ましてくれそうな気がする。国会議員に立候補する前は都議を何期か務め、政治家としての経験を積んだようだが、この間にも特に目立った活躍はしていない。ただ、昔から人気はあったらしく、演説を行うと主に女性有権者が素通りせずに集まったという。斯波が国会に打って出て見事初当選を果たしたのには、信寛議員の愛娘(まなむすめ)、貴和子(きわこ)と結婚して斯波家に婿養子に入ったことが大きく影響している。義父信寛は与党の有力議員、そして義理の祖父虎之助は元総理経験者だ。斯波家の後継者ということで、この先も多くの支援を受けられるだろう。今のところ斯波の前途は洋々のようだ。それを不満に思う輩は当然いるだろうが、テロリストに爆弾で狙われるほどかとなると、飛躍しすぎのような気がする。

　警察のために取れる時間は十分だけだと、ここでも第一秘書に念を押されたが、向き合った斯波は想像していたよりも気さくで、迷惑がらずに話を聞いてくれた。人のいいダンディな紳士という感じだ。高圧的なところなど見受けられず、君らも大変だなと労ってくれさえする。

「テロリストが狙うとすれば私みたいな若輩者ではなく、もっと社会的影響力の強い方ではないかという気がするが、わざわざ注意するように知らせに来てくれたことには感謝するよ。来月予定しているタウンミーティングは今更中止できないが、万一に備えて警戒は怠らないようにしよう。そのための警備態勢も敷く。警察との連携が必要なら、芦名君に窓口になってもらうから、何かあったら彼に連絡してくれ。若いが優秀な人物だ。目端が利いて頭もいい。君たちに協力するよう言っておく」

「ありがとうございます。そうしていただけますと助かります」

「ご協力感謝いたします」

　脇坂に続けて深瀬も頭を下げる。

約束通り十分ほどで斯波は話を切り上げ、政策秘書との打ち合わせに戻っていったが、短い時間内で言うべきことは言い、現時点で聞きたいことは聞けた。

「芦名同様、本気にしていなかったな」

「うん。でも、正直俺もターゲットは斯波じゃない気がする。天沼か向井か鳥飼か、やっぱこのうちの誰かじゃないかな」

「そっちは別の班が当たっているから、応援要請が掛かるまでは任せておけばいい。俺たちは残りを回って片付けるぞ」

「了解」

脇坂はいつも通り慎重で、任務に対してストイックだ。こうした返しや口調に慣れていないと、ぶっきらぼうで愛想がなく、とっつきにくいと思われがちのようだが、深瀬は最初から気分を害することなくすんなり受け入れられた。不器用で口下手なんだろうな、いい加減なことは言いたくないからちょくちょく押し黙るんだろうな、と察せられ、要するに誠実で信用がおけるということだと逆に好ましく感じたのだ。

手分けして、リストに挙がっている議員の事務所や、市民団体等の代表者に電話をかけ、アポイントメントを取る。事がことだけに電話で用件を話して済ませるわけにはいかず、事件を未然に防ぐために協力していただきたい、と強めに要請して全員に時間を取ってもらった。

すでに午後六時を過ぎていたが、今夜のうちに会ってくれる議員が二人いて、所在地が二十三区内と都下で、効率よく移動すれば時間的に回れるため、この二件にも揃って出向いた。潜入捜査以外ではなるべく単独行動を避けるのは公安も然りだ。

今いる品川区から近い世田谷区の自宅にいる議員をまず訪ね、次に日野市まで行った。こちらは週末行われる夏祭りに来賓として参加するため地元に戻っているそうだ。

いずれの議員の反応も鈍く、他人事のようなあしらい方をされた。

「謙虚、ってのとは違うだろうけど、まさか自分がそんな凶行のターゲットにされるはずがない、って現実味がわかないのも、わからなくはないな」

「おまえならもっと世間が大騒ぎしそうな人物を選ぶか」

「どうせやるならね。そんな派手な手段を使おうとするってことは、世間の注目を浴びたいからだろうし」

「その場にたまたま居合わせた無関係な人々を同時に人質に取ってまで訴えたいことがある、だから爆弾テロという非情な手段を使おうとしている、そういうことだ」

「斎賀を捕まえるのが計画を未然に防ぐには一番手っ取り早い気がするけど、相手も警察の追跡を躱して息を潜めていることには慣れてそうだから、こっちはこっちで難航しそうだよな」

「仲間がいれば斎賀を逮捕しても代わりの者が実行する。斎賀から計画の詳細を聞き出すのも簡単ではないだろう」

「結局は地道な捜査で早急に情報を集めて対処するしかないってわけか」

しばらくはプライベートは二の次だな、と深瀬がひっそりと溜息を洩(も)らしたとき、乗っていた電車が新宿駅ホームに滑り込んだ。

夜の上り電車の、まばらな乗客に交じって降りる。

「今夜はもう上がりだが、帰る前に何か食っていくか」

脇坂から誘われ、深瀬は疲れが吹き飛ぶほど嬉しくなる。

「食う。さっきから腹の虫鳴りっぱなしだった。聞こえてただろ」

「盛大に鳴らしていたな」

脇坂が嫌味のない口調で深瀬を揶揄(からか)い、目を細める。

それだけで深瀬は脇坂にしっかり愛されていると感じて、心臓が鼓動を速め、甘酸っぱさが胸の奥から込み上げた。

「何にする？　おまえが食べたいものを言え」

「長崎(ながさき)ちゃんぽんがいい。野菜たっぷりのやつ」

「チェーン店しか俺は知らないが」

「それ、それ」

深瀬が声を弾ませると、脇坂は今度は唇の端を上げて柔らかく笑った。

「行くぞ」

ポン、とまた背中を軽く押すように叩かれる。

おかげで一瞬、芦名のことが再び脳裏を掠めたが、すぐに頭から消し去り、深瀬は先を行く脇坂の背に続いて自動改札を出た。

2

頑なまでに目を合わせなかったあの感じ、いつかどこかで同じ態度を取られた気がする。

おまけに、トレーディングカードという、深瀬には馴染みのない言葉。それが、喉に刺さった棘のように引っ掛かっていて、カリカリと記憶の扉に爪を立てられるような不快さ、落ち着かなさが燻り続けている。

トレーディングカード……、トレーディング、カード……？

記憶の底を掻き回し、覚えのあるその何かの端緒を摑もうと躍起になる。

それは、あれか。子供の頃クラスで流行っていて、周囲の友達がこぞって遊んでいたカード式のテーブルゲームのことか。カードごとに性能や効果が決まっていて、中に圧倒的優位に立てる特別なものがある。ここぞというときに出せば盤面全てをひっくり返せるようなそれらのカードは、プラチナカードとか超レアカードとかと呼ばれ、一箱どころか十箱、二十箱買ってもまずお目にかかれない幻のカードだ。子供だけでなく、ゲームに夢中な大人たちも喉から手が出るほど欲しがる代物で、当時それほどこの遊びに興味がなかった深瀬も、なんとなく価値は知っていた。

それを、たぶん深瀬は持っていたことがある。

もちろん運よく大当たりの箱を引き当てたわけではない。貰ったのだ。そのゲームを販売している大企業の社長さんとか、誰か、偉い人から。

「やぁ、心くん、こんばんは。大きくなったねぇ」

黒いスーツに蝶ネクタイ姿の恰幅のいい紳士が、わざわざ屈み込んで深瀬と目線を合わせ、親しげに笑いかけてくる。

深瀬家の一階にある、ホテルのボールルームのように広い部屋。そこで月に何度か祖父母や両親が大勢の人を招いてパーティーを開いていた。男ばかり五人兄弟の末子に生まれた深瀬は、子供ながらにオーダーメードで仕立てたスーツを着て、よくそこに紛れ込んでいた。早いうちからこうした社交の場に慣れさせておこうという、大人たちの計らいだったのだと思う。

「おじさんの会社のゲームで遊んでくれてたりする？」

「はい」

深瀬は当時八歳くらいだったはずだが、社交辞令というものをすでに身に付けており、自分は遊ばないが、周りの友達は休み時間になるとその話題で持ちきりなのを頭に浮かべ、当たり障りなく受け答えした。子供の頃のほうが、よほど大人びていたようだ。

「嬉しいなぁ。ありがとう。じゃあ、心くんにおじさんからこれをプレゼントしよう」

　そう言ってスーツの内ポケットから、招待状でも入っていそうな立派な封筒を抜き出して、渡してくれた。

「わぁ。すごい。ありがとうございます！」

　深瀬はその場で中身を確かめると、最高レアのカードに用いられる特別なラメ加工入りの枠を見て、満面に笑みを浮かべてお礼を言った。実はどうすごいのか、あまりわかっていなかったのだが、これをわざわざプレゼントするために持ってきてくれたという事象に対して、きちんと礼を尽くさなくてはいけないことは心得ていた。ゲーム会社のとても偉い人は、深瀬一族のトップである祖父、深瀬翁が溺愛している末孫を喜ばせることが今夜の重要な仕事の一つなのだ。深瀬も承知している。

「あとでお祖父様にも見せていいですか」

「もちろん、いいとも」

　ありがとうございます、と深瀬は丁寧にお辞儀をして、ゲーム会社の偉い人の傍を離れた。

　深瀬はそのまま広間を出て、玄関ホールで一際存在感を放っている大階段の裏手にある控えの間に向かった。

　こちら側は、住み込みの家政婦さん三人それぞれの個室、厨房、配膳室、洗濯室などが連なる、いわゆるバックヤードだ。広間に最も近い位置にある控えの間は、普段は使用されていない小部屋だが、絨毯（じゅうたん）が敷いてあって、ソファや椅子が置かれているので、深瀬はパーティーに飽きたり疲れたりすると、よくここで休んでいた。三階の自室に戻るのが面倒なときにはうってつけの隠れ部屋だった。

超レアもののカードを貰った日も、てっきり誰もいないと思って、ノックもせずにいきなりドアを開け、中に入った。

あれ、と思ったのは、いつもは電気が消されて暗いはずなのに、明るいことに気づいたときだ。勢いよく室内に飛び込んで、ドアを閉めた後だった。

八畳ほどの広さの部屋には最初誰もいないのかと思った。パッと目に付くところに人の姿が見えなかったからだ。だが、ソファの近くまで歩み寄ってみると、絨毯の上に直接ぺたんと尻をつけて体育座りしている子供がいて、深瀬は二度びっくりした。色白の整った顔立ちをした、品のよさそうな男の子だ。

「きみ、誰？」

べつにここにいることを責めたわけではなく、見知らぬ相手を前にして自然と出た言葉だった。だが、深瀬より少し年下らしき男の子は文句をつけられているとでも思ったのか、警戒した様子で気の強そうな目つきをし、頑なに口を引き結んだままだった。

「僕は心。深瀬心」

まずは自分が名乗るべきだったと気を取り直し、深瀬はいつも初対面の人に挨拶するときの要領で言った。

だが、男の子は両腕でしっかりと足を抱え込み、顔を伏せてしまい、もう深瀬を見ようともしない。

明らかに拒絶されていたが、深瀬はこのまま回れ右して出ていく気にはなれなかった。この家で同じ年頃の子供と会ったのは初めてで、興味が湧いた。少しでいいから話がしてみたかった。小学校二年生だった深瀬は、これまで家でも学校でもあからさまに邪険にされたことがなく、自分の存在を不快に感じる人がいるなどとは思ってもみなかったのだ。

「ねぇ。どうして床に座ってるの。椅子のほうがよくない？」

深瀬はさらに話し掛けた。

反応はない。

それでもめげず、じゃあ、と深瀬も絨毯に腰を下ろす。

男の子はギョッとしたように身動ぎしたが、やはり顔は上げようとせず、立ち上がってどこかへ行こうとする気配もなかった。たぶん、ここにいなさい、と誰かに言われていて、部屋から出るわけにはいかなかったのだろう。室内を逃げ回っても仕方がない、無視するのが一番だと考えたのかもしれない。うんざりしたように洩らされたため息から、深瀬は男の子の気持ちを推し量り、なんだか悪いことをしている気がしてきた。

あらためて男の子を間近から見る。深瀬より全体的に体が小さく、幼い印象がある。白い襟付きのトレーナーにデニムズボンという普段着姿で、今夜来ている客の誰かが連れてきた子供ではなさそうだ。

男の子は深瀬の視線を避けようとしてか、尻をずらして体の向きを変える。

どうしたら仲良くなれるんだろうと深瀬は考え、そうだ、と今しがた貰ったばかりの超レアなカードを男の子に見せた。

「これ、知ってる?」

目の前に差し出されたカードを、好奇心に抗えなかった様子でチラリと見た男の子の目が丸くなる。今、とても流行っているゲームだけに、男の子も遊んだことがあるようだ。

これなら男の子の気を引けそうだ。

手応えを感じて深瀬は嬉しくなり、勢い込んで続けた。

「さっき向こうで知り合いのおじさんに貰ったんだけど、僕はカードゲーム実はあんまりやらないんだ。よかったら、あげる」

深瀬としては、本当に、純粋に、男の子を喜ばせたかっただけで、それ以外は何も考えていなかった。超レアのカードは、明日にでも小学校に持っていき、クラスメートに見せたなら、きっと皆羨ましがるに違いない。すごいね、深瀬くん、と言ってもらえて、鼻高々な気分になれるだろう。なので、全く未練がないわけではなかったのだが、それ以上にこの愛想のない男の子を笑わせたい気持ちが強くなっていて、これをあげて一目置かれたいと子供心に思ってしまった。

男の子は俯(うつむ)きがちになったままだったが、深瀬が手のひらに載せたカードを食い入るように凝視しているのがわかった。

喉から手が出るほど欲しい、その気持ちが固まったように硬くなった全身から感じられ、絶対に喜んでくれると思った。

「はい、これ。きっとお友達に自慢できるよ」

よくよく考えたら、縁も義理もない、たまたまここに居合わせただけの、通りすがりに等しい相手に、いきなり高価なものを差し出して、受け取ってと勝手にニコニコしているようなもので、相手からすれば気味が悪かっただろうし、傲慢で嫌な感じに映ったかもしれない。どんなに小さかろうがプライドが高そうなことは、男の子の態度を見ていれば察せられた。それなのに深瀬はあまりにも無頓着で、知らず知らず男の子を傷つけていることに気づけなかった。

「……うるさい」

自分の膝小僧に向かって呪詛を吐くような声で男の子は言った。

深瀬は何を言われたのか咄嗟に理解できず、キョトンとする。

「あっ。ひょっとして、これ、もう持ってる？」

だから余計なお世話だと迷惑がっているのかと深瀬は思いつき、「そっか。ごめん」と慌てて謝った。

次の瞬間、ドンッと見かけによらぬ荒々しい力で肩のあたりを突かれ、深瀬はプラチナカードを落として、自分自身もまた床に転がっていた。

「おまえみたいなやつ、大嫌いだ」

何が起きたのか把握する前に、男の子は立ち上がって、部屋の隅に移動していた。出入り口から離れた奥で、今度は壁に背中を向けて蹲る。顔は何がなんでも見られたくないという強い意思を感じた。

深瀬が倒れ込んだすぐ傍に、天井の明かりを受けてキラキラ反射する虹色のカードが、一顧だにされずに落ちている。これ、本当にいらないのかな。欲しそうに見えたんだけど、持っているのかな。カードを見つめてぼんやり考えていると、ドアを控えめにノックして、執事の内侍原が「失礼いたします」とドア越しに声を掛けてきた。

「こちらに心ぼっちゃまはいらっしゃいますでしょうか」

壁際で体育座りをした男の子は膝に顔を伏せたままピクリともしない。

「いるけど、待って。今行く」

深瀬は声を張って返事をすると、急いで立ち上がり、今夜初めて袖を通した下ろしたての子供用タキシードの埃（ほこり）を払い、蝶ネクタイの歪（ゆが）みを直した。玄関ホールや大広間、そしてこの控え室と厨房周りは靴を履いたままでいいエリアになっている。最初に深瀬が男の子に、椅子に座らないのかと聞いたのは、それもあってのことだった。

「ごめんね」

深瀬は再度男の子に謝ると、一瞬迷ったが、カードを拾ってポケットに仕舞い、ドアを開けに行く。

「これから記念写真を撮るそうです」

「わかった」

なんとなくこの部屋で男の子と会ったことは誰にも言わないほうがいい気がして、深瀬はすぐにドアを閉めた。

その後大広間に戻ってからは、歳（とし）の離れた兄たちとずっと一緒で、控えの間にいた男の子のことは自然と頭から消えていた。そして、時が経（た）つにつれ、そんな出来事があったことすら、記憶から薄れさせていたのだった。

ああ、これだ、と夢の中で深瀬は思った。

もうすっかり忘れていたが、昔、千代田区一番町（ちよだくいちばんちょう）の深瀬が生まれ育った家で会い、十分かそこいら一緒にいて、ほんの少し話をした。知らない子だった。名前も聞かなかった。おそらく深瀬家が催した晩餐会（ばんさんかい）か何かの集まりのときだ。

深瀬ホールディングスを束ね、財界はもとより政界にも多大な影響力を持つ深瀬家の当主である祖父は、多いときは月に二、三度、百名からの客を自宅に招いてパーティー的なものを開いていた。今は祖父に代わって父や兄たちがホストを務めることが多いようだが、相変わらず錚々（そうそう）たる面子（メンツ）を迎えて開催しているらしい。

深瀬自身は大学卒業後に警察に入ったのを機に、家の行事に顔を出すのは基本的に遠慮している。そんな暇があれば訓練や任務で疲れた体を休めたいのが本音だ。元々パーティーは好きではなく、深瀬翁の末の孫としてやむをえず出席していただけで、家族をはじめ近しい人間は皆それを承知しており、無理を言われたことはない。たぶん、誰も彼も深瀬に甘いのだ。自分でも、生まれてこのかた可愛（かわい）がられてきたし、今も甘やかされていると自覚している。

もしあのときの少年が芦名だったのだとしたら、深瀬の名前を知り、顔を見た途端に妙に態度を硬くしたわけがわからなくもない。いや、実のところ、今になってなぜあんな態度を取られなくてはいけないのかは納得いかないのだが、そうされても説明がつきそうな関わりが過去にあったかもしれないことはわかったという意味だ。

ひとつモヤモヤが晴れて気持ちが軽くなった深瀬は、勢いよく布団を撥ね除けてベッドから下りると、朝の習慣であるシャワーを省略し、洗面と着替えだけ手早くすませてマンションを出た。広い通りに出て、流しのタクシーを捕まえる。

向かった先は一番町の深瀬家だ。今年四月に脇坂と関係修復するまで、深瀬はしばらく実家の世話になっていた。失恋の痛手が強過ぎて少々体調を崩してしまい、それを知った家人に連れ戻されたのだ。なので、久しぶりという感覚はない。

高い塀に囲まれ、広大な敷地面積を有する深瀬家は、大使館や老舗が多いこの辺りでも抜きん出て存在感を放つ豪邸だ。幼少の頃は当たり前だと思って意識したことはなかったが、物心がつきだしてからは、自分の家はいわゆる普通ではないんだと子供ながらに理解されてきた。

芦名だったかもしれない少年と会ったときは、もうその感覚が芽生えていたと思う。

「おや。お珍しい。おはようございます、心ぼっちゃま」

朝六時過ぎにインターホンを鳴らしても、深瀬家に長年仕えている執事は、珍しいと言いつつ微塵も動じない。七十過ぎとは思えない流れるような所作で深瀬を出迎える。

「いい加減その呼び方は勘弁して、内侍原さん」

「申し訳ございません」

このやりとりも毎度のことで、互いに挨拶がわりだと承知の上だ。

「本日は何かご入用の品でも取りにいらっしゃいましたか」

「違う。内侍原さんに聞きたいことがあるんだ」

「私にでございますか。どういったことでしょうか。お役に立てれば幸いですが」

「あ、朝食とりながらでいい？」

「もちろんでございます」

慣れ親しんだ生家では深瀬もつい無遠慮になる。それをまた皆が喜び、歓迎してくれるものだから、幾つになっても甘えっぱなしだ。つくづく恵まれていると思う。

深瀬家では朝食の際は居間の隣のこぢんまりした食事室を使う。こぢんまりと言っても、深瀬が住んでいる目黒（めぐろ）のマンションに置き換えるとリビングダイニング程度の広さはある。そこにホテルのブッフェ会場のような感じで料理が並べてあり、各々好きに食べるのだ。深瀬家は今や四世帯が同居する大所帯で、年齢の幅も広い。そのため、深瀬たち孫世代が生まれた時からこの形式が採用されたと聞いている。

食事室には誰もおらず、深瀬はホッとした。祖父母も両親も兄たちも、深瀬を見るととにかくかまいたがり、質問攻めにし、なかなか離そうとしないので、急いでいるときに顔を合わせると大変なのだ。今日は八時に吉祥寺駅で脇坂と落ち合うことになっている。そんなにのんびりしている時間はなかった。

「今朝は、お子様方は、既にお食事をおすませになられた後でして」

「ああ、うん、そのほうがありがたいからいいんだ。また改めてゆっくり会いに来るよ」

お子様方とは長兄の娘たちだ。深瀬には、一回り歳の離れた長兄を筆頭に四人の兄がいる。長兄と次兄は既婚者で、それぞれ娘二人、息子二人の子持ちだ。三番目と四番目は二卵性の双子で、こちらはまだ未婚。今この家に住んでいるのは長兄とその家族、三番目と四番目の兄たち、そして祖父母と両親の十名だ。次兄は結婚後新居を構えて家族とそちらに住んでいる。二人とも三十五を超えてから結婚したので、子供たちはまだ全員就学前だ。甥も姪も可愛らしいが、やんちゃとおませすぎて深瀬はいつもタジタジとなる。同性の脇坂を恋人にしている身には子供は縁遠い存在で、ちょっと苦手意識があるかもしれない。

朝が早い勤勉家が揃っているおかげで、深瀬は誰に気兼ねすることなく食事室でおいしい朝食を堪能しながら、執事と話ができた。執事が淹れる深瀬家特製ブレンドの紅茶は香り高く、朝飲むのにぴったりの爽やかさで、ずっと慣れ親しんできた味だ。口にするたびに昔の記憶がじわっと染み出してきて、さまざまな思い出が頭を通り過ぎる。

「昔さ、うちで何かの集まりがあったとき、俺、控えの間で少し年下の少年と会って、しばらく一緒にいたことがあったのを思い出したんだけど、その子、どこの誰だったのかな？」

傍に控えて、紅茶のおかわりを注いだり、食べ終えた皿をタイミングよく下げたりして世話を焼いてくれながら、執事は深瀬の大雑把な質問にたじろぎもせず答える。

「お子様ですか。当家で開く集まりでは、お客様にはお子様の同伴をご遠慮いただいておりますので、控えの間で見知らぬお子様とお会いになったのだとしますと、臨時で手伝いに来てもらったお手伝いさんのお子さんだったのではないかと存じます」

それから執事は少し記憶を辿るように間を置き、慎重に続ける。

「昔は規模の大きな集まりを結構な頻度で催しておりましたので、家政婦派遣協会さんによくお世話になりました。場合によっては当日急遽来ていただくこともありますので、保育所にお子様を預けられない等事情があれば、連れてきていただいて、仕事中当家の空いている部屋を提供する形を取っていたのですが。とはいえ、実際にそのような対応をしましたのは二度だけでした」

「じゃあその母子のこと覚えている？」

執事の物覚えのよさは昔から驚嘆に値するレベルで、歳を経ても衰える様子もない。きっとわかるだろうと思い、矢も盾もたまらず早朝から押しかけたが、その判断は正しかったようだ。

おかげで気になることを引きずらずにすむ。深瀬にだけよそよそしかった芦名の態度に説明がつけば、イライラが解消されて任務に集中できる。

「一度は女のお子様でしたので、心ぼっちゃまがおっしゃっているのは、二十一年前に当時六歳の男の子をお連れだった派遣家政婦さんのことかと思われます。当家においでになったのは、そのときだけです。確か芦名さんというお名前でした。お子様のお名前までは存じ上げず、申し訳ございません」

やっぱりそうか、と深瀬は胸の内で大きく頷いていた。

「そこまで思い出してくれたら十分だよ。さすが内侍原さん。相変わらずすごい記憶力だ。来た甲斐があった。ありがとう」

「いえ、いえ、どういたしまして」

執事は謙虚に返し、さらに気を利かす。

「日誌を捲れば、もう少し詳細なことがわかると存じますが、いかがいたしましょう。少々お時間をいただけましたら、お調べして参りますが」

「じゃあ、悪いけど、それメールで教えてもらっていいかな。手隙のときでいいよ」

「畏まりました」

内侍原は、深瀬がなんのために二十年以上前のことを唐突に持ち出したのか、といった詮索はいっさいせず、粛々と己の務めを果たすのみだ。深瀬はいつもいろいろと助けてもらっている。せっかくなので内侍原の厚意に甘え、芦名のことをもっと知っておきたいと思った。芦名とはなんとも奇妙な再会の仕方をしたものだが、これも何かの縁だろう。

深瀬は朝食をすませると、広い家のどこかにいるはずの家族に挨拶して回る間も惜しみ、仕事があるからと早々に失礼した。行きは気を逸(はや)らせてしまい、ついタクシーを使ったが、普段はもっぱら公共の交通機関を利用して移動する。最寄(もよ)りの駅まで向かう道々でも、やはり芦名のことが頭から離れなかった。

それにしても二十一年前か。我ながらよく思い出せたものだ。

やはり、芦名がボソリと口にした、トレーディングカードの一言が、記憶を掘り起こすキーワードだった。それに関するやりとりは、一度記憶の尻尾(しっぽ)を捕まえると、するすると思い出してきた。あの出来事は、深瀬にとってもあまりいい印象はなく、こうしたきっかけでもない限り思い出そうという気にならなかったのだと思う。

芦名とは全く話が弾まず、困惑したのを覚えている。当時深瀬は八歳。通っている小学校での日々の出来事が興味の大半を占めていた頃だ。まだ学校に通う年齢に達していない見ず知らずの子と何を話せばいいのかわからなかった。それで、たまたま貰って持っていたトレーディングカードを見せたのだが、反応は鈍く、こちらを見ようともせずに俯きっぱなしで、おまけに最後は怒らせてしまったようで、深瀬としては不本意としか言いようがなかった。

子供の頃の芦名は人見知りする性格の上、深瀬のようなタイプが苦手で、話し掛けられるのも嫌だったのか。大人になって偶然顔を合わせたとき、深瀬は全然覚えていなかったのに、芦名は即座に当時のことを頭に蘇(よみがえ)らせたとすると、よほどカードの一件が忘れ難い心の傷になっていたということか。だとすれば、悪いことをしたと思わなくもないが、それにしてもなぜ、と聞かずにはいられない。お互い年端も行かぬ頃の話だ。深瀬には悪気はまったくなかった。今になっても根に持ったような態度を取るのはさすがに大人気なくないか、と理不尽に思う気持ちが湧いてくる。

吉祥寺に着くと、脇坂は先に来ていた。

「俺、わかった。思い出した」

芦名と子供の頃に会っていた話をすると、脇坂は、意表を突かれつつも、どこか腑(ふ)に落ちたところもあったような反応を見せた。ただし、肝心のトレーディングカードのことは、なんとなく小っ恥ずかしくて、言えなかった。祖父母や両親に取り入りたい大企業のお偉いさんが、子供だった深瀬に反則としか言いようがない特別待遇をし、それを無自覚に受け止めていた己の世間知らずさがイタすぎる。

「やっぱり俺みたいな育ちというか、出自というか、そういうのが好きじゃないのかもな」

カードのことを踏まえ、一言で言うと、結局そういうことなのかもしれないと深瀬は結論付けていた。

「電車に乗っている間に、内侍原から、芦名母子についてうちで把握している情報が送られてきた。それによると派遣でパーティーの臨時手伝いに来た芦名籐子(とうこ)は当時二十九歳で、息子の正樹は六歳。父親はいなくて、母一人子一人の家庭だったらしい。子連れでも大丈夫かどうか派遣元を通じて問い合わせがあった記録が残っていて、そのとき多少突っ込んだ事情説明が先方からあったみたいだ」

六歳の子供でも、自分の家と他人の家の環境が目に見えて違えばわかるだろう。なぜ、と疑問を感じ、不公平さに不満や悲しみ、憤りを湧かせるかもしれない。

十分か十五分か向き合っていただけだが、芦名がきちんとした親に育てられているであろうことは、深瀬にも想像できていた。普段着姿だったが、いずれも綺麗(きれい)に洗濯されていて、清潔感のある匂いがふんわりとしていたし、手の爪も丸く切り揃えられていた。気の強そうな瞳には、クラスで成績がいい子とよく似た、こちらの頭の中がわかっていそうな感じが窺えた。

芦名の母親は、息子の教育と躾(しつけ)に心を砕き、芦名もそれらを身につけるために人一倍努力したのではないかと思う。女性の一人親家庭の平均収入は、両親が揃った家庭と比べて、かなり低いことを深瀬も具体的な数値で知っている。芦名の母が非正規雇用の形でずっと働いていたのだとすれば、経済的な余裕はさほどなかったろう。

「ルサンチマンか」

脇坂がポツリと口にする。

哲学上の概念で、弱者が強者に対して抱く恨みや妬みなどのドロドロした感情のことだ。深瀬からは言いづらかったが、芦名のあの態度には僅かなりとそうした要素が含まれていた気がすると、深瀬も感じていた。

「それ以外に俺だけあんなあからさまに無視される理由、考えつけないしな。二十一年前だって俺、自分の境遇をひけらかしたつもりはなかった。結果的に、芦名にはそう受け取られてしまった気はするけど……。でも、絶対にわざとじゃない。俺、自分の価値と生家がどうだってのは関係ないと、昔から思ってたし」

自分で言うのはなんだけど、と照れ隠しで付け足すと、脇坂は「知っている」と生真面目に返してきた。迷いのない口調に、深瀬はじわっと頬を火照らせる。好きな男にわかってもらえていることが嬉しかった。

「芦名に関してはもう少し調べてみたほうがいいかもしれんな。資本主義の象徴みたいな家の出のお前に反感を持っているとすれば、今回の件とまったく関係ないとも言い切れない。大学での専攻や思想についていちおうチェックしておこう」

「念のためにだな」

芦名を本気で疑っているわけではなかったが、僅かでも引っ掛かる点があるなら、うやむやにしないほうがいい。捜査官としての勘が何か囁いている気がした。

この日は、武蔵野市で八月頭に開かれる地元出身有力議員の出版記念パーティーを皮切りに、野上が送ってきた対象リストに挙がっている先を三ヶ所訪ね、主催者と会った。やはり、いずれもうちは関係ないと本気にせず、深瀬が受けた感触でもピンと来るところはなかった。

「残り二ヶ所か。明日の夜一つアポ取れてて、最後の一つは明後日の午後じゃないと都合がつかないって迷惑がられた先だな。明日午前中どうする？」

「俺は調べたいことがあるから、ちょっと一人で動く。昼過ぎには事務所に戻るつもりだ」

夜の歌舞伎町を、人混みを縫って歩く脇坂の後ろについて行きながら、深瀬はそれなら俺も一緒にと言いたくなるのをこらえ、「そっか」とおとなしく承知する。脇坂がこういう言い方をするときは、食い下がっても無駄だと経験から予測できる。

「なら俺も午後から事務所に行く」

綺麗なお兄さんうちで遊ばない、と不躾に伸ばされてきた腕を猫のようなしなやかな動きで躱し、深瀬は脇坂の真横に並んだ。

「今日までの調査内容を整理しておくよ。おまえが調べたことについても聞ける範囲で聞いておきたいし」

「ああ。もちろん情報共有はする」

一人で動くからといって、べつに深瀬に隠し事をするつもりはないようだ。

「おまえもすっかり馴染んできたな」

珍しく脇坂が冷やかすような発言をする。

「居心地いいよ、『脇坂サポートサービス』」

初めてビルを見たときには、あまりにも年季の入った物件だと思って、元ＳＰのエースが今はこんなところで商売をしているのかと、何も知らなかったゆえに残念な気持ちになったが、今やすっかり深瀬にとってもベースのような存在だ。野上から必要経費で落としてもらって自分の事務机と椅子を運び込み、給湯室の棚には内侍原から分けてもらった缶入りの特製ブレンド茶を置いていつでも紅茶を飲めるようにした。日が経つにつれ深瀬の物が増えていくことに、脇坂は寛容だ。何も言わないのだが、まんざらでもなく思っているようなのが察せられる。

「表向きの何でも屋稼業はいい感じに暇だし」

「忙しくなっても困るからな」

それでも稀(まれ)に、袖看板を見たと言って依頼を持ち込む客が現れる。昨日のあの女性も、そうした中の一人だ。深瀬が実際に手伝った仕事は今のところ三件だけだが、夜中の引っ越しの手伝いはハードだった。重たい段ボール箱を持って軽トラックとアパートの二階の間を何往復とするはめになり、翌日は筋肉痛がひどくて閉口したが、深瀬以上の量をこなした脇坂はこたえた様子もなく、さすがだと感心したものだ。

「ところで、今からどこに行こうとしてるんだ？」

まだ聞いていなかった、と深瀬は遅ればせながら気がつく。

「この先に俺がたまに行く店がある。うどん店だが、天麩羅(てんぷら)やら刺身やら酒のつまみになりそうな単品メニューも多い。また麺類ってことになるが、昨日のちゃんぽんの礼にどうだ」

「ちゃんぽん奢(おご)ったくらい気にしてくれなくてよかったんだけど、でも嬉しい。ありがとう。麺類好きだから連日でも全然オッケー」

深瀬にしてみれば、脇坂と一緒にいる時間が少しでも長くなるなら、なんでも歓迎だ。元々食に拘(こだわ)りのあるほうではない。脇坂の行きつけなら、何をおいても行きたいし、むしろ連れていってくれと深瀬からお願いしたいくらいだ。

脇坂がたまに行くと言ううどん店は、うどんがメインの趣味のいい居酒屋、という雰囲気の店だった。

カウンターもあれば、他の客と顔を合わせないように衝立で囲まれた席や、そこにさらに扉がついた半個室もあるらしく、場所柄さまざまな事情の客のニーズに応えられる工夫がされている。脇坂は単に、この店が午前二時まで営業しているため、仕事で遅くなったときなどに寄るそうだ。それもまた、いかにも脇坂らしい。

衝立で囲まれた四人掛けのテーブル席に向かい合って着く。

「そろそろ同棲とか考える気ない？」

注文した料理が来るのを待つ間、深瀬はあえて世間話でもするような気軽さで脇坂に振ってみた。本当は四月にヨリを戻したときからずっと脇坂に言いたかったことで、いつ切り出そうかと毎日のように頭を悩ませていた。だから、表面的には平静を装うことに成功していても、実際は余裕のかけらもない。心臓はバクバクと乱打しており、油断すると息が止まりそうだ。

脇坂は手にしたスマートフォンから視線を上げると、いつものごとく感情を読みにくい落ち着き払った顔つきで、深瀬と目を合わせてきた。

「あ、冗談」

目が合った瞬間、深瀬はこのタイミングで唐突に言い出したことを後悔し、猛烈な自己嫌悪に陥った。脇坂の口から今にもけんもほろろな返事が返ってきそうで、言われる前に取り下げて、なかったことにしなければ、死にたくなりそうだった。

冗談、と深瀬が無理して笑いながら言うと、脇坂の表情が一瞬緩んだ気がした。

深瀬はその些細な変化を見逃さず、やっぱり脇坂はそこまでの関係になる気はないんだなと、無言のうちにも返事を聞いた心地になった。

深瀬に恋愛感情は持っているが、生活基盤は別々に確保した上で、週に一、二度夜を共に過ごすくらいの付き合いがいい。そういうことだろう。仕事でもペアを組んでいるのに、私生活まで一緒というのは、脇坂には世界が狭まりすぎて息苦しいのかもしれない。

「お待たせしました。グリーンアスパラの天麩羅です」

うどんの前に軽く飲むことにして、ビールのつまみになりそうなものをいくつか頼んだのだが、そのうちの一品が運ばれてきて、場の空気を変えてくれた。

「美味しそう」

深瀬は救われた気持ちで、早速箸に手を伸ばす。

脇坂もスマートフォンをポケットに仕舞い、生ビールのジョッキを持ち上げた。

「おまえのそのなんでも旨そうに食べるところ、見ていて気持ちがいい」

揚げたての熱々を、ふうふう息を吹きかけながら食べていた深瀬は、上目遣いに脇坂を見て、表情は変えていないのに薄く微笑んでいるのがわかる顔にドキッとする。

「み、見てないでおまえも食べろよ」

恥ずかしさと照れくささでいっぱいになり、目を逸らしてつっけんどんに言う。

ああ、と脇坂もアスパラの天麩羅を手元の小皿に取った。

あんな殺し文句、さらっと言うなよな。反則だろうが。油断も隙もない。迂闊に俺を嬉しがらせやがって。そのくせ、いざこっちから一緒に住まないかと持ち掛けたら戸惑う感じで。俺はもうずっとおまえに振り回されっぱなしだ。おまえの言動、態度、表情に一喜一憂して、よくも悪くも泣かされ通しで。でも好きだから離れられない。恋人同士でいられるなら、お前の望む形でいい。別れている間は死んでるみたいだった。本当に。

次から次へと想いが溢れてくる。自分の言葉に溺れそうだ。

深瀬の人生の中で、なかなか思い通りに行かないことがあるとすれば、間違いなく脇坂祐一という男に関してだ。

だが、それはそれで考えることがたくさんあって、悪くないとも思う。

今はこうして傍にいられる一瞬一瞬を噛み締め、大切にしたい。

それ以上望むのは贅沢だと己に言い聞かせた。

＊

近くのコンビニでサンドイッチを数種買い、『脇坂サポートサービス』に顔を出すと、脇坂は応接セットのソファに座って、ローテーブルの上をファイルやプリントアウトした書類だらけにしていた。

「お疲れ。サンドイッチ多めに買ってきたけど、おまえも食べる?」

「ああ、悪いな。ありがとう」

「好きなのを選べよ。一つと言わず二つでも三つでも」

脇坂にレジ袋ごと渡し、深瀬はアコーディオンカーテンの向こうの給湯室に行く。二畳分ほどのスペースに、ツードアの冷蔵庫と小さな食器棚が置いてある。シンクの上部に取り付けられたガス湯沸かし器が深瀬には珍しくて、最初は使い方がわからずまごついた。一口しかない電気コンロは滅多に使わず、コーヒーや紅茶を淹れるときは電気ポットで湯を沸かす。脇坂は事務所に来るとまずコーヒーを飲むので、大抵の場合、保温式のポットにすでに湯が入っている。深瀬は紅茶用の温度まで上げるために再沸騰ボタンを押すだけでよかった。

脇坂のためにコーヒーを、自分用に紅茶を淹れ、マグカップを両手に持って脇坂の許へ行く。テーブルの上は粗方片付けられていた。ファイルや紙類は重ねて隅に置かれ、サンドイッチを開けて食べられるだけのスペースができている。

深瀬は脇坂の横に腰を下ろすと、「何を調べてるんだ?」と積み上げられた資料を流し見て聞く。脇坂がクラブハウスサンドイッチを譲ってくれたので、まずそれを食べることにして、包装フィルムを剝がした。

「斎賀庸治の経歴だが、最終学歴は八州大学政治経済学部経済学科卒となっている」

「インテリだね」

八州大学は都下にメインキャンパスがある公立の大学で、いわゆる難関校の一つだ。

脇坂は聞かれる前から深瀬にこの話をするつもりだったらしく、資料の山の一番上に載せてあった薄いファイル二冊を取り、そのうちの一つを深瀬に差し出してきた。

ファイルを開くと、予想に反してここに綴じてあったのは芦名正樹のプロフィールで、深瀬はあれと首を傾げそうになった。脇坂が間違ったファイルを寄越したのかと思ったが、聞くより先に内容が目に入り、あっ、と声を発しかける。

「芦名も八州大学卒なのか。でも、こっちは商学部だし、年齢も四つ下だから、普通に考えたら接点はなさそうだが……あったのか？」

「斎賀は二年ダブっていて、芦名が二年生のときに、二十四で卒業している」

「そうか、なら二人が顔見知りの可能性もなくはないな」

「単なる偶然の一致かもしれないが、気になる点は一つずつ潰しておきたい」

「同感だ。これ食ったら芦名のところに行ってみよう。斯波は地元からしばらく離れられないようなことを言っていたから、その間こっちの事務所は芦名に任せるみたいだった。たぶん今日も芦名は議員会館にいるだろう」

「毎度アポなしだと虫の居所を悪くさせてしまうかもしれないから、さっき連絡しておいた」

脇坂も芦名を、機嫌を損ねさせると扱いにくそうなタイプだと感じているらしい。

「またですか、ってうんざりしてなかったか」

眉間に皺を寄せた芦名の顔がありありと浮かんできて、深瀬は冷やかしを込めて言う。いかにもな反応だと思ったのだ。ところが、脇坂の返事は「いや」だった。

「先生からも捜査に協力するよう、くれぐれも失礼のないようにと申しつかっている、と好意的だった」

「それ絶対おまえだったからじゃないの。俺だともっとそっけなくされた気がする」

「否定はしづらいな。おまえは芦名に意識されているようだから。今後も芦名に用があるときは俺が連絡しよう」

いや、それはそれであんまり気分のいいことではないんだけど、と微妙な気持ちだったが、ヤキモチを焼いていると思われたら公私混同しているようでもっと嫌なので、深瀬は仕方なく引き下がった。

どのみち、斎賀に関して僅かでも取っ掛かりになりそうなことがあるなら、確認しないわけにはいかない。

斎賀の所在はいまだ摑めずにいる。百井の証言の裏が取れ、爆発物所持容疑で逮捕状が出ており、相当数の捜査員を投入して追っているが、有力な情報は得られていないようだ。仲間の特定にも手こずっているらしい。

「芦名が斎賀について何か知っているとか、そんな都合のいい話は十中八九ないとは思うが、万一ってことがあるしな」

脇坂もさほど期待はしていなそうだった。

あらかじめ約束を取り付けておいたからか、議員会館で相対した芦名は一昨日初めて会ったときよりは態度を軟化させていた。前回同様、脇坂に対して特に愛想がよく、何か別の感情を抱いているのではなかろうな、と疑いたくなるほどだ。ひょっとすると、深瀬が脇坂に惚れていることに気づいていて、深瀬を苛立たせるためにわざとやっているのかもしれない。深瀬が気に食わないのだとしたら、それもなしではなさそうだ。

イジメかよ、と深瀬はムカムカしてきて、芦名の涼しげな顔を睨む。

芦名は深瀬の尖った視線を何も感じていないかのごとく受け流し、フッと余裕に満ちた笑みを口元に浮かべさえして、ますます深瀬を苛立たせる。それでも、今日は深瀬と目を合わせるだけマシだ。子供の頃会ったことあるよな、と聞けそうな雰囲気ではまだないが、捜査官としての質問に対しては普通に返事をする。

「あいにく知らない方です」

斎賀の顔写真を丁寧に向きを変えて脇坂に返しつつ、芦名は申し訳なさそうに答えた。

「ご存知の通り、八州大学は学生数二万数千のマンモス大学です。キャンパスが四つに分かれているので一ヶ所につき五千人ほどいることになります。政治経済学部と商学部は確かに同じキャンパスでしたが、学部が違えば接点はあまりないですし、入学年度も違う、学年も違うとなると、よほど目立つ人でない限りわかりませんね」

「サークル活動で一緒だったとかもないですか」

「ないですね」

深瀬が横から口を挟む形で質問すると、芦名はきちんと深瀬の方に顔を向けて一蹴する。礼儀正しいが、どこか馬鹿にされているように感じるのは、深瀬が芦名に対して先入観を持ち過ぎているからだろうか。

「私は奨学生で、勉強以外の時間はアルバイトで忙しく、サークル活動に参加する余裕はありませんでした」

そこで芦名は、深瀬にうっすらと意味ありげに笑いかけてきた。

明らかに悪意というか侮蔑のようなものが混ざっていて、深瀬は反射的に身構える。多少当たりが柔らかくなったからといって油断すると、すぐしっぺ返しが来るので気が抜けない。

言葉にすれば、どうせあなたのような恵まれた家のお坊ちゃんには想像もつかないでしょうけど、といったところだろうか。深瀬にしてみれば、人を生まれや育ちで判断するなと、逆に言ってやりたい気持ちだ。

不快さから反応が遅れた深瀬に代わり、脇坂が話を続ける。

「お気を悪くさせたなら申し訳ありません。参考までに伺っただけですので」

「いえ、いえ、気を悪くしたりはしていませんから、ご心配なく」

芦名は脇坂にも笑顔を向けたが、こちらは爽やかで曇りのない笑みだった。

こいつ、と深瀬は内心で毒づきつつも、カリカリしたらそれこそ芦名の思う壺だと気を取り直す。

「ですが、意外でした。本日いらした目的が、先生やタウンミーティングに関することではなく、私個人にご質問があってだとは。それも七、八年前の学生時代のことを聞かれるなんて、さすがに予見できませんでしたよ。おかげで心積もりができておらず、うまくお答えできたかどうか心配です」

「いや、落ち着いておられましたよ。将来は政治家をお志しなんでしょう。斯波先生も芦名さんのことを有能で気が利いていると褒めていらっしゃいました」

「先生が私のことをそんなふうにおっしゃったのですか。光栄です。実際には私などまだまだなのですが。政策秘書の神部（かんべ）さんや、第一秘書の須崎（すざき）さんと一緒に仕事をすると、身に染みて思い知らされます」

　ありきたりの返しでも、声の抑揚や、真摯かつ誠実そうな表情で薄っぺらに感じさせない。神部とは挨拶しただけなのでよくわからないが、少なくとも須崎は凡庸な印象の付き人めいた秘書だった。才気煥発（かんぱつ）さは芦名のほうが上回っている感がある。斯波の言葉はまんざらお世辞ではなかった気がする。おそらく斯波は芦名を育てるつもりがあるのだろう。芦名も薄々察していながら、そつなく上役を立て、謙遜してみせる。何事も駆け引きの世界だ。

　芦名が話を戻す。

「ちなみに先ほど写真を見せていただいた方が容疑者なのですか」

　淡々とした口調で、ちょっと聞いてみただけという体を装っているが、捜査の進捗に関心があるようだ。

「捜査に関することはお答えできないんです」

　脇坂が断ると、芦名は「そうでしたね」と微笑み、屈託なく続ける。

「いえ、ふと、もしかして私も疑われているのかなと、思ったものですから」

　怒った様子は声にも態度にも出ておらず、むしろ自分自身が警察に話を聞かれるという、なかなかない状況を面白がっている感じだ。

「だってそうでしょう。一昨日ご説明いただいたことから推察すると、おそらくその写真の方は、一週間ほど前に爆発物取締罰則違反だか何かで逮捕された男性から爆弾を受け取って行方をくらましたというテロリストですよね。そしてあなた方は私の経歴もお調べになって、私が同じ大学出身だと知り、繋がりがあるのではないかと疑ったから、今日また訪ねていらした。そういうことなのかと思いました。なぜそんな飛躍した疑いを持たれたのか不思議です」

話し方は穏やかだが、チクチクと皮肉っぽい物言いが交じる。言っていることはごもっともと認めるほかなく、刑事の勘で押し通そうにも信じてもらえなそうだ。実際それが事実なだけに、深瀬は冷や汗が出てきた。

「あなたを疑っているわけではありません」

脇坂は動じたふうもなく、きっぱりと言う。深瀬ですら脇坂の言葉は本当で、脇坂は芦名を疑ってはいないのだと信じたくらいなので、芦名にもそう聞こえただろう。深瀬はまだ、芦名には何かある気がする、という漠然とした疑惑を捨て去っておらず、脇坂も同じ感触を持っているのではないかと思っていただけに、少なからず驚いた。

「我々も必死でしてね。爆発物を持っている人物を一刻も早く確保し、テロの実行を阻止すべく、手掛かりになりそうなことがないかと、どんな僅かな可能性も逃さないよう、手当たり次第に聞き込みを行っています。これもそうした捜査の一環です」

落ち着き払った態度で、誠実さと真摯さの籠った説明をする脇坂を見ていると、深瀬まで心を揺らされた。

芦名と向き合っていると、こいつなんかやばそう、と本能的に感じて肌が粟立つような感覚があり、それと捜査官としての勘が結びついて気になるのだが、脇坂にこうもはっきり否定されると、元々根拠などないだけに、自信がぐらついてくる。

芦名とはどうも相性がよくなさそうな上、子供のとき偶然関わっていたこともあり、いつもと事情が違ってフラットな判断ができにくくなっているかもしれない。自分ではそんなつもりはないのだが、脇坂が芦名を疑っていないと言うのなら、己の勘が怪しく感じられてくる。

深瀬にとって仕事仲間としての脇坂は、折り紙付きの実力を持つ先輩捜査官だ。信頼しているし、自分も脇坂のようになりたいと憧れ、尊敬してもいる。脇坂に限って、捜査に私情を挟むなどということはあり得ず、芦名の美貌や知的でスマートな振る舞いに目が眩み、判断力を鈍らせているわけではないはずだ。そこは深瀬も信じたかった。

脇坂を見据えて話を聞いていた芦名の表情が和らぐ。そうすると仄かに色香が漂い、目鼻立ちの整った容貌に上品な華やかさが加わって、その気がなくてもドキッとする。

「先程は棘のある言い方をしてしまって申し訳ありませんでした」

芦名は折り目正しく頭を下げて謝る。

芦名のしぐさ、立ち居振る舞いは凜(りん)としていて、見ていて清々(すがすが)しい気持ちになる。たぶん根は悪くないのだと思う。なんのかんのと言いながら、深瀬も芦名を嫌いにはなれそうにない。癪(しゃく)に障りはするが認めざるを得ないところも多く、ちゃんと付き合えば案外理解し合えて、いい関係を築けるかもしれない。

「我々は仕事ですから気にしていません。罵詈雑言(ばりぞうごん)を浴びることも少なくないので。一つお願いしたいのは、写真の男性について後から思い出したり気づいたりしたことがあれば、どんな些細なことでもかまわないので連絡してほしい、ということです」

「わかりました」

芦名は素直に承知する。だから知らないと言っているでしょう、と迷惑がってもおかしくないところだが、脇坂には反発する気が起きなくなったようだ。

事務所の電話が鳴りだしたのを機に暇乞(いとまご)いして議員会館を後にした。

「おまえの心証はシロってことか?」

深瀬が率直に聞くと、脇坂はいつにも増して硬い表情をしたまま、一言返してきた。

「わからん」

元より慎重な男なので、こうした質問に軽々しく白黒付けた答え方をすることはまずないのだが、今回に限っては、さっき芦名本人に疑っていないと言ったじゃないか、と思わず突っ込みたくなった。

「何かが引っ掛かる、その感じは消え去っていない。おまえに対する過剰反応も、斎賀の攻撃性や矛先の向け方と近い部分がある気がする。二人が同じグループで活動する仲間だとしても、そこまで意外な感じはしない。可能性としてはあり得ると思っている。出身大学が一緒で在校期間も被っているとわかったときは、確信が深まった」

「だけど本人に直撃してやっぱり違うと思った、とかなのか？」

「そうだな、芦名の場合、主義主張の異なる相手を暴力行為で潰すより、自分が権力の中枢に入って力を行使するほうが性格に合ってそうだ。現に今、与党有力議員斯波武則の許で着々と存在感を増していっている。そうなると斎賀が入手した爆弾とは無関係と考えられる」

「ああ。そっか、それで芦名には、疑っていないと言ったんだな」

「政治家絡みの集会や地域の祭りみたいな場を狙って爆弾を仕掛けるような真似はしないだろう、という意味だ」

なるほどね、と深瀬は納得する。

「だが、芦名が裏で過激派グループと繋がっている可能性がなくなったわけではない。芦名は斎賀を知らないと言ったが、たぶんあれは嘘だ」

脇坂は疑う余地がなさそうに言う。

「やっぱりか。あいつ普段はそっけなくて淡々とした喋り方するけど、斎賀のことを否定したときは、ほんのちょっとだけ感情が乗ってる気がしたんだよな」

「一瞬視線が泳いだ。人間が嘘をつくときしがちな動作だ」

「嘘をつくからには、つかなきゃいけない理由があるわけだよな。斎賀との関係を知られたくないとか。今も連絡を取っているのか、それとも学生時代に知り合いだったというだけでもう切れているのか。もし芦名が斎賀と同じ過激派グループのメンバーなら、俺たち闇鍋の中から大当たりを引き当てたことになるぜ」

「いずれにせよ、芦名から聞き出すのは難しいだろう。野上と相談して、俺たちは芦名を監視対象に絞ったほうがいいという判断になったら、張り付いて徹底的に調べ上げる。そう簡単には尻尾を出さないだろうがな」

「そうなってくると、いよいよ、おまえが芦名に疑ってはいないと言ったのが効いてくるな。疑われていると本人に感じさせたままだと、迂闊には動かないだろうから」

瓢簞（ひょうたん）から駒で有力な手掛かりを得たようだが、まだほぼ全て推論の段階だ。別班がマークしている天沼、向井、鳥飼を狙ったテロが実際に起きる可能性は依然として高く、そちらの警戒が優先事項であることに変わりはない。芦名という重要参考人を見つけたことで斎賀の逮捕が早まれば、テロを未然に防ぐ目も出てきた。ここからはスピード勝負だ。芦名を足掛かりに、一分でも一秒でも早く斎賀の潜伏先を突き止める。この先は、それが脇坂と深瀬の任務になりそうだ。

野上からの返事は早かった。

『リストの残り二件は別の捜査官に当たらせる。君たちは芦名正樹に付いていてくれ』

「了解だ。斎賀に関する新たな情報は？」

『ない。隠れ家ではないかと思われる場所をいくつか調べたが、いずれも空振りだった。おそらく外に一歩も出ないくらい徹底して潜んでいるんだろう。仲間がいるのは間違いない。サイバーチームが斎賀が書き込みしていたＳＮＳを解析中だ。斎賀と関係がありそうなアカウントを洗い出し、発信者を特定させている。だが、例に漏れずほとんどが海外のサーバを複数経由しているため、辿れないものが多い。難航している』

「となると、やはり芦名から斎賀に繋がる線を引き摺り出すのが手っ取り早い、ということになりますかね」

『そういうことだ、深瀬』

タブレット画面に映った野上が深瀬と目を合わせ、頷く。

今日も野上は髪をオールバックにして一筋の乱れもなく固め、夏の暑さなど感じないかのようにスーツを着こなしている。寝る時間はあるのかと心配になるほど多忙のはずだが、いつ見ても隙がなく、疲労を感じさせない整然とした印象がある。まさにキャリア、まさにエリートのお手本のような人物だ。

『斯波議員に会いに行ったのがたまたま君と脇坂だった、というところに、何やら天の采配めいたものを感じる。芦名に関しても、他の捜査員だったらやり過ごしていたかもしれない微妙な違和感を掬い上げ、捜査に新たな展開をもたらしてくれた。芦名と君の間には因縁みたいなものがあるようだし、芦名も君をかなり意識している感じがするので、彼を落とせるとすれば君ではないかと思う』

野上にそう言われると、俄然使命感が強くなる。

芦名とは、反発し合った結果、化学反応が起きそうな間柄のような気がする。芦名にとっても当然、深瀬との再会は予期せぬ出来事だったはずだ。二十一年ぶりに、今度は警察の人間として深瀬が目の前に現れたことで、なんらかの影響は受けているのではないか。芦名のほうは深瀬を、突如道に転がり出てきた邪魔な石くらいにしか思っていないかもしれないが、その石に躓き、思惑通りに物事が運ばなくなることもある。

成果を期待している、と野上に言われ、脇坂共々気を引き締めた。

ウェブ通信を切ったあと、脇坂が淹れたコーヒーを一緒に飲みながら、明日からの捜査方針を話し合う。

「俺、芦名が大学時代にバイトしていた先を当たってみるよ。ひょっとしたら、そこで斎賀との接点が見つかるかもしれない」

「そうだな。芦名が自分からアルバイトの話をしたのも少し気になる」

「おまえはどうする？」

「俺は芦名の母親について調べてみる」

「わかった」

口数の少ない脇坂とのやりとりは大抵こんなふうにあっけなく片付く。出会ったときから変わらないよなぁと思って、深瀬はカップを口に当てたまま、つい笑っていた。

「なんだ」

脇坂が眉根を寄せて聞いてくる。

「何かおかしなことでも言ったか」

「いや。べつに。おまえとこうしてコーヒー飲める幸せに浸ってただけ」

そうか、と脇坂は眉間の皺を消し、自分もまたカップを口元に持っていく。

ブラインドが上がった窓からは、夜の帳（とばり）が下りた西新宿界隈（かいわい）が見える。

脇坂のデスクに尻を預け、中低層のビル群がぎゅうぎゅう身を寄せ合うように立ち並ぶ風景を眺めつつ、二人並んで無言でコーヒーを飲む。

深瀬はどちらかと言えば紅茶派だが、脇坂の淹れるコーヒーは格別だ。苦味も酸味も、どこか脇坂を思わせて愛おしい。

3

八州大学商学部キャンパスは、中央線の最寄り駅からバスで数分の距離にある。徒歩でも二十分程度だ。街全体に活気があって、駅周辺には百貨店をはじめとする商業施設が立ち並び、ホールや公園なども充実している。都心へのアクセスも便利で、暮らしやすそうだ。住居を購入するにしても借りるにしても人気が高く、住みたい街ランキングの上位によく入っている。

せっかくだから、どんなところか自分の足で確かめようと、深瀬はバスに乗らずに、駅から大学までの道を歩いてみた。

すれ違う人々に学生らしき若者が増えてきたな、と思ったら、数百メートル先に大学の正門が見えた。

深瀬は正門まで行かず、二つ手前の角を曲がって大通りを離れた。

「地図だと、この道沿いにあるはずだけど……あっ、あれだ」

『昌福飯店』と軒先の店舗テントに店名が書かれている。一家で代々営業してきたような感じの、こぢんまりした中華料理店だ。五年前まで芦名はここでアルバイトをしていたという。

昼には遅く夜には早い午後四時過ぎだったが、八州大学以外にも付近に高校や専門学校があるため、店内は二十代前半くらいまでの若い男女で満席に近い賑わいぶりだった。

「いらっしゃい！　お一人様？　カウンターでお願い」

食事を兼ねて聞き込みに来た深瀬は、威勢のいい声に案内されるまま、壁に向かって座る形のカウンターに腰掛けた。カウンターは五席だが、空いているのは真ん中一つだけで、左右は学生カップルと思しき先客で埋まっていた。一席ずつの間隔は狭いが、二組がそれぞれ身を寄せ合っているおかげで、深瀬は真ん中をゆったり使わせてもらえた。

奥の厨房では白い上っ張りを着た大柄の男が忙しそうに調理をしている。六十代くらいだろうか。あとは、さっき声を掛けてくれた八十を超えてそうなお婆さんだけで、今は二人で切り盛りしているようだ。

油でベタつき、パウチ加工された端が捲れ上がったメニューを手に、何にしようかと迷っていると、「決まった？」とお婆さんが注文を取りにきた。

「えっと、オススメは？」

「レバニラ炒め」

「じゃ、それ」

周囲を見ると、半分以上がレバニラ炒めと白飯、スープのセットを食べている。次に多いのが、赤いスープが辛そうな坦々麺と、半量の炒飯のセットだ。それ以外のものを注文する人はあまりいないようだ。

　ここで芦名は働いていたのか。

　今の姿からは想像がつかず、深瀬は店内をしげしげと見回した。カウンターの他はテーブル席が六つ。四人掛けと二人掛けだ。部活帰りの学生などが集団で来たときは、四人掛けを二つ並べて対応するらしく、その様子を写した古い写真が壁に貼ってある。『昌福飯店』も八州大学の学生御用達店の一つで、店側もいろいろと融通を利かせてやっているらしい。

「はい、お待たせ」

　外見は皺くちゃだが、声は大きく、注文品を運ぶ足取りは危なげなくしっかりしたお婆さんが、黒い角盆ごとレバニラ炒めセットを深瀬の前に置く。

「うわ、美味しそう。ボリュームすごっ……！」

　白飯おかわりできるからね、と言われ、心の中でいや無理ですとありがたく辞退する。

　出されたときには量が多いと思ったが、食べ始めると、お昼を食べ損ねてあちこち歩き回って空腹だったせいか、ぺろっと平らげていた。本当に美味しくて、箸が止まらなかったのだ。

「お兄さん、おかわりは？」

　先ほど右隣に座っていたカップルが出て行き、器を下げに来たお婆さんがカウンターの上を片付けながら深瀬に声を掛けてくる。

「いや、結構です。もうお腹パンパンで」

深瀬は下腹のあたりを撫でさすってみせながら言う。

「細いもんねぇ、あんた。最初入ってきたときは女の人かなって思ったよ。綺麗な顔してらっしゃるしさ」

ちょうど店が一段落したところで、来たときはほぼ満席だった店内が、今は深瀬以外に二組いるだけになっている。話を聞きやすい状況だった。

「レバニラ炒め、めちゃくちゃ美味しかったです。ご馳走様でした。こちらのお店、友人が学生時代にアルバイトしていたそうで、近くに行く用事があったらぜひ行ってみろ、って教えてくれたんです」

「へぇ。うちでバイトしてた人にかい。誰のことかねぇ。一昨年まではずっと学生さんを雇ってたんだけど、うちも不況でさ、今は息子とあたしの二人だけだ」

懐かしい話になったからか、お婆さんは汚れた食器を持っていったん厨房に引っ込んだかと思うと、少しして急須を手に深瀬の許に戻ってきた。湯呑みにジャスミン茶を注いで、出してくれる。しばらく深瀬の相手をする余裕があるようだ。

「働いていたのは五年くらい前までだったみたいなんですけど、八州大生で芦名正樹って男です。覚えてないですか」

「芦名？　覚えてるよ、もちろん！　正樹だろ」

お婆さんは皺くちゃの顔をいっそうくしゃくしゃにして笑う。

「あの子は長かったもんねぇ。一年の夏休みに始めて、結局卒業間際まで手伝ってくれた。途中三ヶ月くらい休んでたときもあったけど、真面目で感じがよくて気が利いてさ、ずいぶん助けてもらったよ」

当時の芦名は今のように取り澄ました感じではなかったらしく、お婆さんに孫のように可愛がられていたようだ。ここで働くのは週三日、平日の夕方から午後十一時の閉店までで、それ以外の日は家庭教師のアルバイトを入れていたと言う。

「奨学生だから成績も落とせないって、寝る時間もなさそうなこと言ってたよ。友達と遊ぶ暇なんかもなかったんだろうね。正樹目当てでうちに足繁く来てた女の子たちが何人もいたんだけど、どんな可愛い子から告白されても、ごめんなさいって断ってた」

「三ヶ月休んだのは就活のときとかなのかな」

質問というより、合いの手を入れる感じで言うと、話好きらしいお婆さんは「違う、違う」と大仰に首を振って教えてくれた。

「お母さんが事故に遭った時さ。気の毒に、亡くなられてね」

「えっ。そうだったんですか」

深瀬家に一度だけ派遣家政婦として手伝いにきてくれた芦名籐子は、交通事故で大怪我を負い、搬送先の病院で亡くなったとのことだ。芦名が大学二年生のときだったらしい。一日とはいえ、深瀬家と縁のあった人がそうした人生の閉じ方をしていたと聞き、深瀬自身は本人を知らないのだが、しんみりした気持ちになった。芦名の心境を思うと胸が痛い。

「急な出来事だったから、正樹は相当ショックを受けて参っていたよ。警察の捜査が杜撰だってひどく怒ってた。普段は穏やかで、大声なんかめったに出さないのに、一度ここに事故を起こしたほうの弁護士だかなんだかが来たとき、帰れって怒鳴って追い返してたよ。しばらく休みたいって言ってきたのは、その後だったね。もちろんわたしらは、そうしたほうがいいって賛成したんだ」

この一件が芦名の人生や考え方に少なからぬ影響を与えたであろうことは想像に難くない。権力や警察にいい感情を持っていないのも理解できる。

「ねえ、お婆さんは斎賀って人は知らない？　二年ダブってた先輩で、ちょっと言動が変わってて目立つ人だったみたいなんだけど」

母親のことはひとまず置いておくとして、深瀬は本題を切り出した。そろそろ五時になろうとしている。これからまた客が増える頃合いだ。のんびりしているとお婆さんは仕事に戻ってしまいかねない。

「いや、覚えてないねぇ」

高齢とはいえ、これだけ記憶力のいいお婆さんだ。斎賀もこの店に来ていた可能性はあると思ったが、来ていたとしてもその他大勢に紛れる感じで、芦名と特に親しく喋っていたとか、そんな接点はなかったらしい。

もっと話を聞きたかったが、ガラッと出入り口の引き戸が開いて、厨房と客席の境に立っていた調理師の息子が「いらっしゃい！」とよく通る声を上げた。

隣の椅子に凭れていたお婆さんが振り返る。

「あらっ、ひょっとしてあんた……！」

深瀬も入ってきた人物を目にし、ギョッとして腰を浮かしかけていた。

「ご無沙汰しています。お久しぶりです、おじさん。お婆ちゃん」

「やっぱり。今の今まであんたの話してたんだよ、正樹」

いや、あの、ちょっと、と深瀬はバツの悪さに狼狽えた。

よもや芦名が今日ここに来るとは。

絶対に単なる偶然ではないだろう。芦名は、警察が自分のことを調べる可能性が高まったことを、斎賀の一件から敏感に感じ取り、ここにもきっと現れると踏んで、警察の動向を確かめるつもりだったのではないか。さすがに深瀬もプロなので、芦名に尾行されてはいないと断言できる。たまたま深瀬のほうが一足早かった――そんなところかと思われる。

「お疲れ様です、深瀬さん」

芦名はひとしきり二人と懐かしみ合うと、深瀬の方に近づいてきた。ここに至るまで例のごとく深瀬には視線をくれなかったが、店に足を踏み入れた段階で深瀬がいることに気がついていたのは間違いない。

「美味しかったでしょう、それ」

米粒一つ残さず食べ終えた食器を見て、芦名はにこやかな表情で聞いてくる。

「うん。ボリューミーだったけど、この通り」

深瀬も頬を緩めて笑顔を作る。我ながら引き攣っているのがわかったが、愛想笑いでもなんでもしてごまかすしかない心境だった。

「場所柄、学生が多いですからね」

芦名は議員会館で深瀬に見せたのとは打って変わった親しげな態度で、この状況に気まずさを感じている深瀬としては、かえって心地悪かった。外は暑くて蒸し蒸ししているはずだが、冷房が利いた事務所にいたときと変わらず、ワイシャツのボタンを上まで留めてネクタイを締めた姿に僅かの乱れもない。深瀬もきちんとした印象を与えるよう、クールビズでも気を遣っているつもりだが、芦名を前にすると負けた感がある。

「正樹、なんでも好きなの食べていきな」

お婆さんが、久しぶりに会った孫を可愛がる口調で芦名にかまう。

「そうしたいのは山々だけど、実はこれから用事があって、すぐ行かないといけないんだ。今日は近くまで来たから顔見せに寄っただけなんで、また日を改めてご飯食べに来るよ」

「なんだ、そうなのかい。そりゃ残念だ。けど、こうして立派になったところを見せに来てくれただけでも嬉しいよ。あんた偉くなったみたいだねぇ」

「スーツを着るようにはなったけど、全然偉くはないよ。おじさんみたいに絶品料理を作れるわけじゃないし、お婆ちゃんみたいにお客さんの細かな好みを覚えるの得意じゃないしね」

芦名とお婆さんのやりとりを聞いて、この後すぐ芦名は用があるとわかり、深瀬はホッとしていた。デザートを追加で頼んで、もうしばらくここで粘り、芦名が出て行ってから帰ることにしよう。

そう考えてデザートメニューを見ようとした矢先、「行きましょう」と芦名に強めの口調で促され、深瀬は咄嗟に何を言われたのかわからず戸惑った。

深瀬がまごついているうちに、芦名はお婆さんにもう一度今日不義理をする詫びを入れ、黒革の書類鞄と共に提げていた老舗和菓子店の紙袋を渡していた。

どうやら逃れられそうにない展開だ。

深瀬は腹を括り、調理師に「すみません、おいくらですか」と聞いて会計を済ませた。

「それじゃ、また」

「待ってるからね！」

お婆さんに見送られ、芦名と共に店を出る。

外は明るく、夏の夕方という感じだ。梅雨の最中だが今日は一日晴れていて蒸し暑かった。この時間もまだ西に傾いた日差しがジリジリ照りつけてくるが、風が出ていて日中よりはだいぶ涼しくなっている。

深瀬にとっては縁もゆかりもない都下の一都市を、知り合って間もない、捜査において重要参考人と考えている人物と一緒に歩くことになるとは思いもよらなかった。

「ひょっとしなくても、芦名さんの用事って、俺？」

前を行く背中に向けて聞くと、芦名は振り返らずに答えた。

「決まっているでしょう」

案の定、店でお婆さんたちと話していたときとは似ても似つかない冷ややかな声を出され、深瀬は思わず首に手をやった。どう考えても分が悪い。あの店にいた言い訳など思いつかないし、そもそも芦名は全てお見通しに決まっている。

「用事の具体的な内容を教えてほしいんだけど。でないと従えないな」

こうなったら開き直るしかない。深瀬は警戒していることを隠さずに、ざっくばらんな口調で言う。

「せっかくなので親交を深めようと思っただけです」

「……親交？」

芦名の口から意外な言葉が出て、深瀬は虚を突かれた。

「あなた、私のことが知りたいんでしょう」

ズバリと言われ、ますます返事に詰まる。否定したところで、芦名は鼻で笑うだけだろう。

実際、深瀬は捜査対象としてだけではなく、個人的にも芦名に興味を持ちだしていた。

芦名は慣れた足取りで、駅の近くの、店舗が集まった区画に入っていく。

足を止めた先は、一階が全国チェーンのフラワーショップのビルの前だった。

「五階に、大学の頃ときどき行っていたショットバーがあります」

ようやく芦名は深瀬を見て、ここでいいかと眼差し(まなざし)で伺いを立ててくる。

「いいけど。俺と飲むの？」

「私はあなたとお茶を飲む気にはなりません」

「それどういう意味？　俺と素面(しらふ)で話すのは嫌ってこと？」

「ご想像にお任せします」

木で鼻を括ったような返事に深瀬はムッとしたが、この期に及んで帰るという選択肢は深瀬の中になかった。

率先してエレベータに乗り込む。芦名も後から乗ってきた。

店に入ったら、念のため脇坂にメールで居場所を知らせておくことにする。

後はなるようになれという心境だった。

＊

アーリーアメリカン調の店内は適度に暗く、フランクな雰囲気で、二十代、三十代の若い層が多かった。一般に知られているカクテルはだいたいメニューに載っており、価格帯もリーズナブルだ。

店内にはスタンド式の丸テーブルや、食事もできる広めのテーブル席、そしてバーテンダーと向き合う形になる長いカウンター席がある。店は五時からやっていて、店内はまだそれほど混んでいなかった。

フロアスタッフがテーブル席に案内しようとしたが、芦名は「カウンターで」と希望した。

深瀬としても、向き合うより横並びのほうがまだギクシャクせずにすみそうで助かる。

「ジンをロックで」

アルコールは嗜みません、と言いそうな見た目に反し、芦名は結構イケる口らしい。酔うほど飲んでぐでんぐでんになったところなど想像できないが、限界がわかるまでは昔何度か醜態を晒したことがあると、自ら隠す気もなさそうに話す。

深瀬はクラフトビールを頼んだ。今日はこのまま上がると脇坂に報告したので、勤務時間外ではあるのだが、芦名が何を考えているのかわからないうちは自重することにした。

「警察も大変ですね。これは裏取りというやつですか。私が先日の男性を知らないと言ったことの。まぁ私も、疑っていないという言葉を鵜呑みにするほど単純ではありませんし、あなた方が仕事でやっているのは承知していますから、べつに怒ってはいませんが」

芦名は前置きもなしにいきなり本題に入る。

やはり疑われている感触は持ち続けていたらしく、それについて責める気はないようだ。そこは互いの立場を理解し合えているということだろう。

「ああ、そうでした、捜査に関する話はできないんですよね」

嫌味なセリフを悪気なさそうにさらっと言う芦名に、深瀬は苦笑いするしかない。

せっかく二人で話す機会ができたのだから、捜査は抜きで深瀬にも聞きたいことはある。それをどう切り出すか考えていた。

芦名もそこまで舌が回るほうではないようで、少し喋ってはグラスに口を付けるなどして間を持たせ、何か思いつくとまた喋りだす。自分から誘っておきながら、あらかじめ話すことを決めていたわけではなさそうだ。もしくは、芦名も深瀬と同じで、何から話すか迷っているのかもしれない。

「あのさ」

意を決して深瀬から口火を切る。

「俺、思い出したんだけど、俺たち二十年以上前に一度会ってるよな」

「……そうでしたっけ」

芦名は気のない返事をする。最初にトレーディングカードの話を持ち出しかけたのは芦名のほうだ。覚えてないはずはない。いかにもどうでもよさそうな振りをするが、本心はそうでないことは不自然なまでに淡々とした物言いから感じ取れた。

深瀬はかまわず続ける。

「実は俺ずっと忘れてたんだけど、トレーディングカードって言葉がなんか気になって、自分でも意識しないうちに記憶が刺激されていたみたいで、その晩、子供のときのことが夢に出てきた。それで思い出した」

「私はずっと覚えていましたよ」

さっき空惚けたことなどなかったかのように、芦名はあっさり前言を翻す。天邪鬼で捻くれ者、芦名にはそういうところがあるようだ。特に深瀬に対してしばしばそれを発動させる。

「向き合ってすぐ、もしかしてと思いました。面影があったんでしょうね。深瀬です、と名乗られたとき確信しました。あの大きなお屋敷のお坊ちゃんだ、と」

芦名は前を向いたままで、整った横顔にはこれといった感情は浮かんでいなかった。

「奇遇だったな。まさかこんな形で再会するとはね。議員秘書っていうのはいかにも芦名さんの雰囲気と合ってて違和感ないけど」

「私のほうは意外でしたよ。あなたが警察に就職するなんて、どう考えてもあり得ないでしょう。ご家族は反対しなかったんですか」

「いや、べつに」

確かに他からも不思議がられて、よく同じことを聞かれるが、深瀬自身はわりと適職だと感じている。

「うちは個人の自由を尊重するのがモットーで、したいことを頭ごなしに反対されたことないんだ。上に兄が四人いて、みんな揃って会社員になったけど、それも本人たちの希望で、祖父母や両親に押し付けられたとかじゃないみたいだし。俺は昔から射撃しか得意じゃなかったから、それ生かせるとしたら自衛隊か警察かなぁと思って、それで警察を選んだ」

「理解のある家族と、望めば大概のことは叶う環境、率直に言って羨ましいですね」

芦名はジンを少しずつ飲みながら静かに会話を続ける。喜怒哀楽を測りにくくて腹の底が見えず、深瀬にとって話しづらい相手だった。相変わらず言葉の端々に棘を感じる。

「あの中華料理店、私が昔お世話になっていたアルバイト先ですが、深瀬さんはアルバイトの経験あるんですか」

「あるといえばある。怪我をした友人にピンチヒッターを頼まれて、ハンバーガー屋さんで一週間働いた。あと、海の家でかき氷を作るとかもやった。イベントがあったときに臨時で入っただけだから、二日間のことだけど」

自分でも、やったと胸を張れるほどでないのはわかっているので、言い方が控えめになる。

「アルバイトというのがどういうものか経験したくて、とりあえずやってみた、という感じですね。私は生きるためでしたが」

さらっと重いことを言われ、深瀬は胸板を突かれた心地がして、しばらく言葉が出てこなかった。芦名は元々母一人子一人という家庭環境だったこと、その母親まで大学二年生のときに事故で亡くしていること。中華料理店のお婆さんから聞いたばかりの話が深瀬の心にのし掛かってくる。芦名篠子と面識はないが、触れずにいられるほど無関係でもないと思った。

「あそこのお婆さんから聞いたんだけど、芦名さんのお母さん、事故でお亡くなりになったんだね」

どうお悔やみを言えばいいか迷い、ぎこちなくそれだけ言葉にする。

「ええ。去年七回忌を終えました。今は天涯孤独です」

自分の話をするときの芦名は、どこか達観していて、いろいろと吹っ切れた後のような清々(すがすが)しささえ感じさせる。無理をしている様子は窺(うかが)えないが、聞いているほうはどう反応すればいいかわからず戸惑う。

「事故の処理の仕方に関しては納得していませんし、加害者側の卑劣さに憤懣(ふんまん)やる方ないですが、どれだけ争ったところで母は生き返りませんから、表面上は和解しました。そのため、社会の圧力や理不尽さに負けた自分をしばらく嫌悪していましたよ。今でも私は自分が好きではありません。ですが、それ以上に、権力を笠にきた上級市民と、上の顔色ばかり気にしている無能な警察は嫌いです」

ズケズケとした無遠慮な物言いだが、恨みや憤りなどのドロドロした感情は露(あらわ)にしないので、他人事(ひとごと)かと思うようなさっぱりした印象がある。実際はどうなのだろうと深瀬は芦名の横顔を見た。深瀬が視線を向けても、芦名は気づかないかのごとく無視したままだ。睫毛(まつげ)一つ動かさない。

言葉のあやではなく、芦名は本当に俺のような人間が嫌いなんだろうな、と深瀬は思う。

芦名の言う上級市民がどのあたりの層を指すのか定かでないが、深瀬も、自分自身は違うと思いつつ、そこと無縁ではない気がするので、警察組織に属しているのと併せて、芦名に煙たがられる要素を二つも持っていることになる。

「俺はよく知らない相手のことは、まだ嫌いじゃないな。好きってわけでもないかもだけど」

せめてもの抗議を込めて深瀬が言うと、芦名はようやく首を回して深瀬を見た。

「深瀬さんは、私の何をお知りになりたいんですか」

落ち着き払った眼差しで見据えられる。胸の内を探られるようで落ち着かない気持ちになったが、やましいところはないのだから堂々としていればいい、と己に言い聞かせる。

「話してもらえることなら、なんでも。俺も自分について話す。芦名さんが聞きたいことがあればだけど」

「今のところないですね」

芦名はとりつく島もなく言い放ったが、自分の話をするのはやぶさかでなさそうだ。親交を深めたいと言ったのはまんざら口先だけではなかったらしい。

「私の生い立ちは、深瀬さんとは世界が違いすぎて、興味深いかもしれませんね」

そんなふうに前置きし、残り少なくなっていたジンを飲み干してバーテンダーに「同じものを）と二杯目をオーダーしてから話しだす。　深瀬はまだ一杯目のビールを半分も減らしていなかった。

「私の家はいわゆる母子家庭で、私は父と暮らしたことがありません。父親が誰かは母から聞いていますが、会いに行けない事情があって、そもそも戸籍に記載のない法律上は赤の他人なので、いないのと同義です。当然母は養育費などもらっておらず、物心ついたときから、うちは他の家とは違うんだと様々な機会に感じてましたね」

芦名籐子は二十三歳のときに未婚のまま芦名を産んだそうだ。

「相手は高校の頃から付き合っていた同学年の男性で、大学を卒業したら結婚しようと口約束していたこともあったようですが、よくある話で、同じサークルに属していた一つ下の女性とも付き合うようになり、結構長い間二股していたらしいです。母は相手にべた惚れしていて、相手の言動を疑わなかったみたいで、だいぶ後になるまでそれに気付かなかったようです。私からすればろくでなしですが、母にとっては心底好きで大切な人だったんでしょうね」

時折混じる芦名の辛辣さが、この話に関しては深瀬の心情と一致する。

「結局、卒業間際に別れ話が出て母も応じるしかなかったのですが、呆れたことに、別れると決めたにもかかわらず最後にまた関係を持って、そのとき妊娠したとのことです。母にしてみれば最後の贈りものみたいなもので、産まない選択肢はなかったのでしょうけど、私としてはもう少し冷静に考えてほしかったという気持ちです」

聞きようによっては母親にも自分自身にも冷淡な感じで、一概に同意はできないが、その後の母子の人生が不自由なことや苦労が多かったであろうことは容易に想像がつく。

「私を産むと決めたせいで、せっかく決まっていた就職先は入社後二ヶ月で自己都合退職となり、それ以降正社員で採用されることはありませんでした。女性一人で乳児を抱えてフルタイムで働くのは厳しい。未婚の母になることで、母は両親と激しく揉め、絶縁されていましたから、実家も頼れなかったんです」

そんな状況の中で、籐子がどれほど苦労して芦名を育てたのか、想像に難くない。

「母は派遣やパートで働いていたので、急に仕事が入ったり、シフト変更を余儀なくされることがときどきあったようですが、後にも先にも、母の勤め先に連れられていったのは、あのときだけでした」

「俺と会ったとき？　俺もあんな形で同じくらいの歳の子に会ったのはあれ一度きりだな。あの部屋に人がいるとは思ってなかったから、びっくりした。芦名さん、のっけから俺にいい印象持ってなかっただろ」

深瀬は率直に聞く。どのみち芦名は深瀬に遠慮などしそうになく、聞かれなくとも自分から歯に衣着せずに言ったに違いない。

「最初は、深瀬さん個人が気に食わないから無視して俯きっぱなしだったわけではなかったんですけどね。当時流行っていたゲームの七色に光るカードを見せられて、あげる、とかふざけたことを言い出されるまでは」

「ごめん。今更だけど」

やはり芦名はあの時本気で怒っていたのだと、二十年以上経って本人の口からはっきり聞かされ、深瀬は何はともあれ謝罪した。

「今なら、あの時の自分の態度がいかに傲慢だったかわかる。相手のこと考えているつもりで、実は想像力貧困で、嫌な人間だと敬遠されても仕方なかった。悪気は全然なかったんだけど、だからと言って失礼な振る舞いをしたことが許されるわけじゃない。遅くなったけど、本当にごめん。悪いことをしたと思ってる」

「もういいです。そんなに謝ってくださらなくて」

芦名はかえって迷惑だと言いたそうに眉を顰める。

「さっきの私の言い方もいやらしかったです。忘れてください」

「いや、べつに」

そこは気にしていないと深瀬が言うと、芦名はフッと自嘲気味に唇の端を上げた。

「やっぱり深瀬さんは、大昔に会ったときのまま大人になった印象ですね」

「変わってないってこと？」

はい、と芦名はそっけなく頷く。

「真っ直ぐな感じで、愛嬌があって、人がよさそうで、皆からさぞかし可愛がられて育ったんだろうなと、小学生だった深瀬さんのことを、私は気後れしながら見ていました。自分と比べて恵まれすぎだろうと不公平に感じて、ちょっとムカついてもいましたね。深瀬邸で見たものがあまりにも自分の生活とかけ離れすぎていて、現実味がなかったところに、タキシードを着た少し年上っぽい子供がいきなり入ってきて、夢でも見ているのかと思いましたよ」

芦名が当時母親と住んでいたのは、台所の他に四畳半と六畳の和室があるだけのアパートの一室で、深瀬家の大きさと人の多さに圧倒され、ここはどういう場所なのか理解が追いつかなかったと言う。個人の家という感覚はなく、母親から「ここにいなさい。この部屋から出たらだめよ」と繰り返し言い含められていたこともあり、どうしていいかわからずにじっと座り込んでいた。そこに見ず知らずの子供が突然やって来て、物怖じせずにあれこれかまってくるので、さらに困惑したらしい。とどめが、あのプラチナカードだ。それはイラついて声を荒らげたくもなるだろう。

「確かにあの家は大きいよなぁ。でも、四世代同居の大所帯だから、あれくらいないと部屋が足りないのも確かだ。開かずの間とかマジであって、俺も小さいときは夜トイレ行くの怖かった。開かずの間だと思っていた部屋は、なんてことはない、祖父の美術品コレクション室で、祖父以外は普段入れないことになっていただけだと後になってわかったけど」

「深瀬さんの話には一ミリも共感できませんが、それも無理からぬことです」

芦名は容赦なく一蹴する。

「うちは母と二人で本当に貧乏でした。高校と大学には奨学金をもらって進学しましたが、母だけの働きでは家計が苦しかったので、私もアルバイトをして支えました。私は若くて体力もあり、無理がききましたけど、母は四十を過ぎた頃から体のあちこちに不具合が出始めて、仕事を詰めすぎないようにと、私はしつこく言っていました。母も聞き入れて、来月からはシフトを減らすと約束してくれていたのですが。交通事故に遭ったのはそんな矢先でした」

「具体的にどういう経緯だったのか、聞いていいなら……」

深瀬は神妙な面持ちで、芦名の気持ちに配慮しつつ躊躇(ためら)いがちに聞く。

芦名は話すのはやぶさかでないらしく、すんなり教えてくれた。

「夜勤から帰る途中、乗用車に撥(は)ねられ、救急車で搬送されましたが間に合いませんでした。事故を起こした車を運転していたのは免許取り立ての十八歳の男で、友人とドライブしていて、話に夢中になり前方不注意、最初はそう説明されました」

「事実は違ったと?」

「ええ。車は助手席に乗っていたという同窓生のものでした。この男の親がとある一流企業の社長で、当時まだ仮免許が取れたばかりだった息子にせがまれるままポンと高級外車を買い与えていました。本当は、母を撥ねたとき車を運転していたのは、このドラ息子のほうでした。同窓生はお金をもらって、自分が運転していたことにしてくれと頼まれ、その筋書きで警察に事故の説明をしたんです。私は、母のほうが信号を無視してふらふらと横断歩道に出てきた、と言う説明に納得がいかず、それ以外の証言にも辻褄が合わなかったり、違和感を覚えるところがあったので、警察に何度もちゃんと調べてくださいとお願いしました。でも、取り合ってもらえなかった。ドラ息子の親が、さっさと同窓生を起訴して捜査を終わらせるよう、警察に圧力をかけていたんです。唯一事故に不審を感じて私の話をちゃんと聞き、一人で聞き込みなどしてくれていた捜査員の方は、突然担当を外され、免許試験センターに異動になりました。その方が調べてくださってわかった事実と、私自身が目撃者を探して聞いた話や、様々な状況証拠から、事件の真相はこうだったのではないかという推論を組み立て、それが真実に違いないと私は確信しています。けれど、お金を受け取って口止めされた同窓生は証言を翻さず、私のほうには具体的な証拠はなかったため、ドラ息子には手も足も出ませんでした」

話を聞いて深瀬は、芦名が深瀬のような環境の人間を敬遠する理由が、具体的に納得できた。強者が金と力で事実を捻じ曲げ、弱者を蔑ろにする。それを目の当たりにすれば、警察に失望し、不信を抱きもするだろう。もちろん皆が皆腐っているわけでないのは、最後まで真摯に捜査を続けてくれた警察官もいたことから、芦名も承知しているはずだ。ただ、そういう信じるに値する人がいるというだけでは社会は変わらない、変えられない現実にうんざりし、正攻法では解決しないと考えるようになったとしても不思議はない気はする。

「芦名さんが議員秘書になったのは、いずれは政治家になって、社会を変えたいから？」

「そんな大それたことは考えていませんよ」

芦名はなぜかおかしそうにクスリと笑い、アルコールが入ったせいかほのかに色気を滲ませた目で深瀬を流し見る。

「秘書になったのは、そうですね、人生に対するリベンジみたいなものでしょうか」

「リベンジ？　報復ってこと？」

言葉の持つ不穏な響きが気に掛かり、深瀬は聞き返す。

だが、芦名はそれ以上説明する気はないらしく、口を閉ざして、手元のグラスを指で撫でた。白くて長い、形のいい指が、グラスに付いた細かな水滴をツッと一拭いする。

深瀬はこのまま話を終わらせたくなくて食い下がった。

「俺は芦名さんをもう少し理解したいんだけど」

「無理ですよ」

芦名はすげなく撥ね付ける。

「あなたと私では生まれも育ちも違いすぎます。社会の頂点に近い一握りの中にいる人と、最下層で足掻いてきた私とでは、考え方も感じ方も、怒りや妬みなどの感情の持ち方も、まるっきり違うはずです。相容れませんよ」

「そんなことはない、と俺は思う」

深瀬も負けずに言い返す。

「生まれる先は選べない、それは俺も同じだ。好きで深瀬家に生まれたわけじゃない。もちろん不満はないよ。あるわけないけど、それを理由に芦名さんから冷たくされる謂れはない。俺は芦名さんに嫌われるようなことはしていないと思うし、こうして話してみて、前より理解が深まった気がする」

「私がいつあなたに冷たくしましたか」

芦名は涼しい顔で、覚えがないとばかりにシャラッと言う。

「俺の相棒に対する態度とのあからさまな違い、あれを気のせいだと?」

「ああ、脇坂さん」

脇坂の名を口にするとき、芦名は深瀬を煽るかのごとく目を細めて喜色を浮かべて見せた。

絶対にわざとだろうと、深瀬はギリッと奥歯を噛み締める。

「あの方の男振りのよさ、ゾクゾクしますね」

「いや、ちょっと待って」

あいつ俺のカレシなんだけど、と喉元まで上がってきた言葉を、理性で押しとどめる。

「個人的な好悪で態度を変えられたら困る」

「深瀬さんも、綺麗ですよ」

「そういう話じゃなく。て言うか、取って付けたみたいに言わないでくれますか」

「そうですか？　綺麗なんて言われ慣れてるでしょう。初めて会ったときも、ピンタックシャツに蝶ネクタイで子供のくせにタキシードを一人前に着こなしていて、王子様みたいだと思いましたよ。私は、自分が着ているクタクタのズボンと、洗濯しすぎてプリントが剝げかけたトレーナーを、生まれて初めて恥ずかしいと感じました」

そんなふうに言われると、深瀬はどう返していいかわからず、口を噤むしかなくなる。

世襲的なものや、既得権益に対する芦名の反骨心の強さをあらためて知らされた気分だ。

ふと、深瀬は、どうして芦名は斯波議員を選んだのだろうと不思議に思った。

「芦名さんの政治家としての理想は斯波武則なわけ？」

「……唐突ですね」

芦名は眉を顰めたが、無視はしなかった。

「こう言ってはなんだけど、斯波議員も婿養子先が政治家一家の名門で、その恩恵に与って今の地位に就いたようなものじゃない？　芦名さんが好まないタイプだという気がするけど、そこは別なの？」

「たまたま雇ってくださったのが斯波先生だったわけですが、私は斯波先生の野心家でいらっしゃるところが嫌いではないです」

　自分自身は裸一貫から政治の世界に入り、名家の女性を妻にして地盤を譲り受け、都議から国政に打って出た。国会議員も三期目となり、次は閣僚入りを狙っているとの噂で、このまま順調にいけばいずれかの大臣に任命されるだろうと目されている。

「先生は今の地位に至るまで大変なご苦労をされてきた方です。生まれながらの二世議員とはわけが違う。上に行かなければ社会を変えられない、そのためには使える手段はすべて使う。そこは私も先生と同じ思考です。ぶっちゃけ、先生が世間に見せているクリーンなイメージ通りの方でないことは知っています。ですが、私はそれを必要悪だと考えている。そこも踏まえた上で、敬愛しています」

　むしろ芦名は、斯波が目的のためには手段を選ばない野心家だから、尊敬できると言うのかもしれない。

「深瀬さん」

芦名が姿勢を正し、深瀬の方に体ごと向き直る。

改まった様子に、深瀬も背筋を伸ばした。

「私も理想だけで政治が行えるなどという幻想は持っていません。資本主義政策をとる以上、貧富の差は必ずできるし、富を再配分しても完全に平等な社会を作ることなど実現不可能だと承知しています。それでも、できるだけ皆が幸せになれる方法を模索していきたいと、政治家の方々は頑張っておられます。斯波先生もその一人です。テロリストが爆弾を使って政治集会を狙い、一般市民を巻き添えにするかもしれない騒ぎを起こそうとしている、斯波先生もターゲットになるかもしれない、というのであれば、なんとしても止めてください。私はあなた方にできる限り協力すると申し上げました。私の大学時代のアルバイト先にまで行って無駄な聞き込みをするより、他にすべきことがあるのではないですか」

最後は痛烈な批判で締めくくられ、深瀬はぐうの音も出なかった。

斎賀との接点は結局見つけられないままで、深瀬の行動は勘に基づくものでしかないため、反論できない。逆を言えば、芦名の言葉にも信憑性（しんぴょうせい）はなく、協力すると言う言葉を鵜呑みにするわけにはいかないのだ。

「爆弾を持って行方をくらました人物を一刻も早く捜して身柄を確保すべく我々も必死です。芦名さんのご協力に感謝します」

深瀬としてはそう言うしかなかった。

芦名は二杯目のグラスを空けると、スツールを下りた。

「お誘いしておいて申し訳ありませんが、私はこのあと用事がありますので、ここで失礼します。私的には結構有意義な時間でした。お付き合いいただきありがとうございます」

「こちらこそ。お話しできてよかったです」

芦名と一緒に店を出てもよかったが、深瀬はここいらで一人になって考えたくなり、芦名を先に行かせることにした。

芦名は足元に置いていた黒革の書類鞄を手に、一礼して去っていった。

正直、どこまで信じていいのかわからない男だと思う。じっくり話してみても、その感触は変わらなかった。

「斎賀を知っていて、今も連絡を取り合っているんだとしても、慎重で抜け目のない芦名が尻尾を出すとは考えにくい。まだ疑われているとなったら、絶対に迂闊なことはしないだろう。お手上げだな」

深瀬は温くなったクラフトビールを飲むのを諦め、芦名が行って五分経ったのを見計らい、店を出た。

エレベータを降り、ビルに面した通りを念のため左右確かめる。ないとは思うが、万一芦名が物陰に潜みこちらの動向を見ていて、自分がそれに気づかずにいたら捜査官失格だ。

いないな、と小さく息を吐き、歩き出す。

そこでいきなり背後から腕を摑まれ、深瀬はひゃあ、とみっともない声を上げそうになるほど驚いた。

「俺だ」

「ゆ、祐一っ？」

どこに隠れていたのか、後ろに脇坂が立っている。

腕はすぐ離されたが、深瀬はびっくりしすぎて目を瞠り、固まったように立ち尽くしたままだった。

「メールをもらったとき、俺も沿線の駅が最寄りの街にいた。時間的にそろそろ店から出てくる頃かと思って来てみたら、ちょうど芦名とその先の道で出会した」

「芦名と何か話したか」

「話したというか、『深瀬さん、まだ中にいらっしゃいますよ』と俺が口を開く前に言われた。やはり不敵な印象の男だ」

「不敵だし、たぶん、したたか」

深瀬は同意して付け加える。

「何か収穫はあったか」

「芦名の生い立ちについて本人から聞けた。これは嘘じゃないと思う。俺が調べたこととも合致する。でも、斎賀との繋がりは出てこなかった。大学が同じということ自体は関係ないのかも。そっちがたまたまで、本来の接点は他にあったのかもしれない。お前のほうは？」

「芦名篠子の学生時代を調べた。付き合っていた男のことで興味深い事実が出てきた」

「え、何？」

「帰ってから話す」

早く聞きたかったが、電車の中でする話ではなさそうだったので、深瀬は新宿に着くまで我慢した。

脇坂は事務所には戻らず、徒歩十分の距離にある自宅マンションに向かう。

深瀬も当然ついていく。

こうなると、このまま泊まっていきたくなるが、今は任務中なので、けじめはつけるべきだろう。自分で言うのもなんだが、深瀬はそのあたりの感覚はストイックなほうだ。なにより、脇坂は深瀬よりもっと抑制が利く気がするので、脇坂に軽蔑されたくない気持ちが強かった。甘い時間を持つのは、爆弾を爆発させずに回収し、テロリストを逮捕してからだ。そのためにできることを今は精一杯やらなくてはならない。

*

脇坂の部屋はいつも片付いている。物が少なくて散らかしようがないとも言える。

脇坂はよけいなものを持たない主義らしく、本人によると独身寮暮らしが長かったせいだろうとのことだが、深瀬は脇坂がいつでもどこかへ行ってしまえるように、わざと身軽でいるのではないかと、ときどき心配になる。そんなふうに考えてしまうのは、一度脇坂に黙って消えられているからだ。深瀬の心に付いたこの傷が完全に癒えることはない気がする。

「何か飲むか」

「いや、俺はいらない」

深瀬が断ると、脇坂はキッチンのコーヒーメーカーで自分用にコーヒーを淹(い)れ、湯気の立つマグカップを手にリビングに来た。ソファに座って、何も飾られていない白い壁を見るともなしに見ていた深瀬の横に腰を下ろす。脇坂の重みを受けてソファが沈む動きが深瀬にも伝わり、そんな瑣末(さまつ)なことにもドキリとする。

部屋に落ち着くと、脇坂はもったいぶらずに新たに判明したことを話しだした。

「篠子と高校が一緒だったという女性からまず話を聞いた。篠子は学内でも有名な美少女で成績もよく、男子学生のマドンナ的存在だったらしい。彼女を射止めたのは同級生の園田という男で、こちらもまたスポーツも勉強もこなす人気者だったそうだ。卒業アルバムを見せてもらい、写真を撮らせてもらった」

これだ、と脇坂がスマートフォンに画像を出して深瀬に見せる。

高校卒業時のポートレートなので、十八歳のときの写真だ。なんとなく予感はしていたが、一目見て深瀬はやっぱりか、と思わず溜息を洩らしていた。

「これ、今とはだいぶ違うけど、斯波武則だよな」

「間違いない」

脇坂は短く断じ、続けてもう一枚深瀬に示す。今度は女性だ。言わずもがな、芦名籐子だ。

「うわ、可愛い。口元と鼻の形があいつと似てる」

だけど、どういうことだ、と深瀬は脇坂に物問いたげな視線を向けた。

「これはお互い知っていると考えていいのか。斯波が元カノの妊娠を知らなかったとしても、二十数年経って目の前に元カノとよく似た、苗字も同じ男が現れたら、もしやと思って調べるよな。別れた男の心理として、まずは自分の子かどうか疑っただろうけど。面倒なことになるとまずいから、本人には聞けないとしても、探偵事務所かどこかに依頼すれば、父親が誰かはともかく、元カノの息子だということはすぐわかったはずだ。芦名のほうは、母親から父親が誰か聞いて知っていたと本人が言っていたから、何もかも承知の上で、計画的に斯波の許に行ったと考えるべきだろう」

「斯波はおそらく、芦名が何も知らずに偶然自分のところに来たと思っている。最初は動揺したに違いないが、芦名が何も言わず、純粋に秘書として働き続ける様子を見るうちに、なんだと胸を撫で下ろしたんじゃないか。もしも息子で、意図的に乗り込んできたのなら、黙っているはずがない。普通はそう考えるだろう。芦名は母親似で、斯波と親子関係だと周囲が気付くような特徴は持っていない。事実はどうあれ斯波は芦名を自分とは無関係な存在と考え、素知らぬ顔をして議員と秘書の関係を貫くことにした。万一を考えると、芦名は手元に置いておくほうが監視できて対処しやすい。そう踏んだんだと思う」

「なるほどね。斯波のほうはきっとそんな感じなんだろうな。問題は芦名だな」

芦名が何を考えているのか、深瀬には今ひとつ摑めない。斯波に対する感情は、母親を捨てたろくでなし、であると同時に、政治家としての生き汚なさ、上昇志向の強い野心家ぶりに一目置いているようでもある。

「斎賀と芦名の間に繫がりが見つからないとなると、爆弾の件に芦名を結びつけるのはいったんやめたほうがいいかもしれない」

「うーん、確かに祐一の言う通りだ。でも、俺はなんかまだ引っ掛かる。スッキリできてないんだよな。根拠もないのに勘に拘りすぎるなと言われたら反論できないけど」

「捨てろと言っているわけじゃない。気になるなら頭の片隅に置いておけ」

「わかった。そうする」

脇坂自身、様々な可能性を頭に入れており、新しい事実がわかるたびに最適解になるものを引き出しているのだろう。決して独りよがりにならず、他人の意見に耳を貸す男だ。そして勘であっても侮らない。脇坂のこうした柔軟性は一緒に行動する身としてありがたい。

「それにしても、園田武則、高校のときから付き合っていたマドンナを捨てて、斯波家のご令嬢に乗り換えるとか、打算的すぎて引くなぁ」

深瀬はもう一度脇坂のスマートフォンを手に取り、写真を見る。スリープ状態の解除にパスワードが必要だが、お互い相手の誕生日をパスワードにしている。そうしたいと深瀬が半ば冗談で持ちかけたら、脇坂はあっさり承知したのだ。そのほうが万一のとき都合がいい、と考えたらしい。

「しかも、しばらくは二股かけてたらしい。芦名が言ってた」

「衆議院議員としての斯波武則を見てもわかるが、とにかく女性人気が高い人物だ。女心を惹きつける立ち回り、話術、清潔感のある見た目、優しく誠実そうな顔立ち。同年代ではダントツの人気だからな。斯波貴和子もサークルの一年先輩だった園田にあっという間に夢中になったらしい。園田と篠子は大学進学を機にアパートで同棲(どうせい)していたんだが、だからこそ付き合っていることは大学の新しい交友関係の中では内緒にしようと、話し合って決めていたようだ。サークルもあえて別々にしていて、篠子は園田が貴和子に積極的にアプローチされて二股し始めたことを後々まで知らなかった。園田が貴和子とも付き合いだしたのが、篠子たちが大学二年の夏かららしいので、一年以上園田は上手(うま)くやっていたことになる」

「すごいな。マメだよね。そうでないと二股なんて面倒なことできないだろ」

深瀬は心の底から感心した上で、皮肉を混ぜて言う。

「バレたときはさすがに篠子も切れたらしいが、園田は宥(なだ)め方も上手かったようだ。篠子にしても、園田は自分と同棲を続けているし、やめるつもりはないと言われれば、結婚の口約束もしていることだし、自分のほうが本命だと思うだろう。貴和子に篠子と同棲していることがバレなかったのもすごいと思うが」

「よほど口が上手いんだろうな。国会とかではパッとしないけど、女性相手には魔法並みに魅力が通じるんだ」

それもまた才能ではある。

「しかし、聞けば聞くほど、斯波武則、叩(たた)けば埃(ほこり)が出そうだ。これだけ人として不誠実で野心家なら、裏工作とか陥穽(かんせい)とか仕組んでいても不思議はないな」

案外あちこちで恨みつらみを買っているかもしれない。芦名篠子は結局別れ話を切り出されたわけだが、園田を恨まなかったのだろうか。

「それだけ好きだったのなら、芦名篠子はよく別れられたよね」

「いや。直後は自殺未遂を起こしたりして、大変だったらしいぞ。別れたのは大学最後の春休み前で、同棲していたアパートを解約したあとは実家に戻っていたそうだが、少なくとも三度は手首を切っている。いずれも深傷にならず、本気で死ぬつもりだったかどうかはわからないが、精神的によくない状態だったのは確かだろう」

「もしかして、自傷行為をやめたのは、妊娠しているのがわかったから？」

「そのようだ」

この話を芦名が母親から全部聞いたのだとしたら、芦名はどんな気持ちになっただろう。想像しただけで深瀬は憂鬱になる。芦名が斯波という男を自分自身の目で確かめるために公設秘書になったのだとすれば、その心境は理解できる気がする。

「園田は貴和子の伝手で一流企業にいったん就職し、二年後、折を見て都議選に出馬、見事初当選を果たし、その一年後に貴和子と結婚。斯波姓に変わり、ますます力をつけていく」

「こっちは順風満帆なんだよな。子供もいるだろ、確か」

「男二人。上が今大学四年、下は高校二年だ。芦名にとっては異母弟だな。上は卒業後斯波の私設秘書になる予定のようだ。父親の許で研鑽を積み、ゆくゆくは政治家を目指す」

「そうなると芦名は複雑だろうな」

ああ、と脇坂も同意する。

自分が芦名の立場なら、どうするか。目の前で、父親と異母弟が親子の会話をするのを見るのは、あまり気分のいいことではない気がする。

「芦名は斯波の家庭を壊す気はないんだな。努力して秘書になって、わざわざ近くまで行ったのに、名乗り出もしない。何がしたかったんだろう」

「そこがポイントかもな」

脇坂は言って、やおら立ち上がる。

今何時だ、と腕時計を見た深瀬は、九時過ぎていることに気がつき、慌てて自分もソファから腰を上げた。

「俺そろそろ帰る」

「帰るのか」

「……えっ？」

深瀬は最初、都合のいい聞き間違いをしたのかと思った。

脇坂が深瀬の方に一歩近づいてくる。

フを吐く。

「泊まっていけ」

すぐ傍に来て、十センチほど背の低い深瀬の耳元に顔を寄せ、低めた声で色香に満ちたセリ
ズンと下腹部に突き上げられるような疼きが生じる。同時に股間から痺れるような感覚がチリチリと伝わってきて、たまらなく淫らな気持ちになった。

「無理はさせない」

「う、うん。……あ！　いや、べつにそんなこと気遣ってくれなくていいけど」

「そうか」

「うん……。あっ、やっぱり待って。ちょっと今の大胆すぎた」

嬉しすぎて、舞い上がり気味になり、自分でも何を言っているのかわからなくなる。

「来い」

脇坂に腕を引かれる。

深瀬は顔を赤らめたまま、素直に脇坂について行った。

部屋の隅に置かれた間接照明が、ベッドしか置かれていない室内を、白黄色の柔らかな光で

仄明るくしている。

　セミダブルサイズのベッドの上で、深瀬は全裸の体を開き、脇坂の雄を受け入れていた。潤滑剤をたっぷり施され、指で丹念に解された窄まりの中心を、弾力のある硬い雄蕊でこじ開けられる。

　くぷっ、と沈められた亀頭が、狭い筒の内壁をズズッと擦り上げながら、奥へ進められてくる。

「あっ、あ、ああぁっ」

　深瀬は感じて悶え、脇坂の逞しい背中に縋り付く指に力を込める。

「きついか。もっとゆっくりがいいか」

　脇坂の声も欲情して僅かに上擦っている。

　ううん、と深瀬は首を横に振り、はっ、はっ、と荒い息をつく。

「気持ちいい」

　そのまま深いところまで来て、隙間もないほど中をみっしりと埋めてほしい。脇坂の硬くて熱い剛直を根元まで受け入れたい。好きな男の一部が己の体の中に収まり、ものの喩えではなく本当に繋がり合える。なんだか奇跡のようだ。奪われることで奪っている気がして、他では得られない感覚に昂揚する。おまけに、普段は欲望とは無縁のように抑制の利いた脇坂が、息を弾ませ、肌を汗ばませて、色香に満ちた表情を見せてくれる。

俺だけのものだ、と強い独占欲が湧き起こり、深瀬は脇坂の胴に脚を絡め、内腿で強く締め付けた。

「もっと……っ、あ、あっっ」

「欲張りだな」

そんなに食い締めるな、と耳元で囁かれ、湿った息を掛けられる。

「ンンッ」

全身が敏感になっていて、ちょっとした刺激にもビクビクと体が反応する。

肌が粟立ち、指や唇を滑らされただけで、艶めかしい声が口を衝いて出る。

グググッと脇坂が慎重に腰を入れてきた。

「はああっ、ああっ、んっ」

深瀬は小刻みに悲鳴のような声を放ち、顎を仰け反らせ、胸を突き出すようにして悦楽に耐えた。

硬く張り詰めた先端で最奥を突かれ、粘膜を押し上げられる。

下腹部を、電気が走ったような猥りがわしい痺れが襲い、たまらず腰を跳ねさせた。

尻タブに脇坂の腰骨が当たり、肌と肌が密着する。

「祐一」

喘ぐように、切羽詰まった声で脇坂を呼ぶ。

脇坂は深瀬の中に付け根まで陰茎を穿ったまま、深瀬の上に覆い被さってきて、ぎゅっと強く抱き竦めてくる。

充足感に満たされ、深瀬も脇坂の首に両腕を回して引き寄せた。

「好き。俺、どうにかなりそうなくらい、おまえが好き」

ああ、と脇坂は深瀬の目を間近から見据えてきて、グッグッと腰を揺すり、深く埋めた肉棒を中で動かす。

「あっ、だめ……っ、あああっ」

いきりたった長く太いもので奥を突き上げられ、内壁を擦り立てられ、惑乱しそうなほどの快感が次から次へと押し寄せてくる。

感じて喘ぎ、わななく唇を、脇坂に熱っぽく吸われ、深瀬も夢中で応えた。

自分から舌先をちらつかせて脇坂を誘い、口腔に招き入れた舌を搦め捕る。

「ふっ……ん、ん……んっ」

溢れた唾液が顎に滴る感覚も淫靡で、性感は高まる一方だ。

唾液を掬って濡らした指で両胸の突起を弄られる。

陰茎をゆるゆると動かして内側を責められつつ、濃厚なキスを交わすだけでも悦楽をやり過ごせずにいたところに、敏感な乳首まで刺激され、深瀬は身を捩(よじ)って悶えた。

ビクンッ、ビクッとひっきりなしに跳ねる体を、脇坂に敷き込まれ、腹の下で喘がされる。

「や、あっ、ンンンッ」

繰り返し高みに押し上げられ、深瀬は泣きながら脇坂にしがみつく。

脇坂は体勢を変えて、深瀬の両脚を抱え上げ、大きく割り開かせると、腰を両手で摑んで容赦なく引き寄せ、同時に腰を入れて突き上げてきた。

「アアアッ」

頭の中で火花が散ったかと思うほど強烈な快感に、あられもない声が出る。

深く浅く緩急つけた絶妙な動きで張り詰めた陰茎を抜き差しされ、はしたなく乱れ泣いた。

「も、だめ。出る、出るっ」

限界まで昂(たかぶ)った性器が弾(はじ)け、白濁が胸元まで飛ぶ。

自分の精液を浴びて汚れた体を脇坂に思う様揺さぶられ、抉(えぐ)って押し叩かれ、悦楽にまみれさせられる。

達したばかりで、どこもかしこも過敏になっている状態で、脇坂の猛(たけ)った逸物に蹂躙(じゅうりん)されたら、ひとたまりもない。

「ちょっ、ま、待って……！　あっ、ひっ……あ、あっ」

深瀬の哀願を無視して脇坂は抽挿の速度を上げていく。

濡れた筒の粘膜をしたたかに擦られ、亀頭の括(くび)れまで抜き出した剛直を、勢いをつけて一気に挿(い)れ戻される。

「ああ、んっ……くううっ、だめ。だめっ。俺また……！」

深瀬はなりふり構わず悲鳴と嬌声を上げ、脇坂と共に昇り詰めた。

「心(しん)」

脇坂が深瀬の中で大きく脈打つ。

「……っ、はっ、あ……！」

奥に放たれたのがわかり、深瀬はブルッと身を震わせた。

後孔を無意識に窄め、身を引き掛けていた脇坂の陰茎を、抜けさせまいとするように締め付ける。

ハァハァと二人して呼吸を乱し、吐息を絡ませる。

「まだ足りないのか」

「ち、違っ」

宥めるように耳朶(じだ)を甘噛みして囁かれ、深瀬は赤面して否定する。

「あ、あんたこそ。また硬くなってきてるんじゃないか？」

「ああ」

セクシーな声音を耳元で聞かされ、深瀬はゾクゾクして身動(みじろ)ぎした。

「おまえが引き止めるから、またその気になってきたらしい」

「らしい……って！」

もう少し付き合え、と愛情に満ちた高飛車さで求められ、深瀬は「絶倫め」と恥ずかし紛れに悪態をつく。

むろん、嫌という意味ではなかった。

4

「芦名篠子さんのご遺骨はこちらで供養させていただいております」

龍栄寺(りゅうえいじ)の住職に案内されたのは屋内納骨堂だった。

縦横にずらりと並んだ黒い漆塗りの扉の前で、脇坂と並んで手を合わせる。

「正樹さんはよくいらっしゃいますか」

「三ヶ月おきくらいにお見えになりますよ。本堂で毎月第三土曜日に写経会を行っているのですが、ご都合が合うときはその日にいらして写経をして行かれます。気持ちが落ち着くとおっしゃいまして」

「第三土曜というと今月は十九日ですか。この日も?」

「はい。いらしてました」

深瀬は思わず脇坂を見た。脇坂もこちらを見ており、視線を交わす。

六月十九日は、斎賀が百井(ももい)の爆弾をコインロッカーから受け出した日だ。たまたまかもしれないが、ひょっとしてという予感がした。脇坂がポケットに手をやる。

「こちらの男性、見かけたことはないですか」

斎賀の写真を住職に見てもらう。

「ああ、浦本さんの息子さんですな」

住職はよく知った人らしくすぐ答えた。

「浦本、ですか」

脇坂が聞き返す。

「ええ。檀家さんです。境内の墓地に代々のお墓があります。庸治君は今はお母さんの苗字に変わっていますが。お父さんが亡くなられたとき、奥さんが旧姓に戻る手続きを取られたそうで、そのとき息子さんも一緒に苗字を変えたと聞きました。今は斎賀と名乗られています」

間違いない。住職の言う浦本は、斎賀庸治だ。

深瀬は意気込んで尋ねた。

「この男性と正樹さんは、面識はあるんでしょうか。こちらのお寺で二人でいるところを見たことはありませんか」

「写経会で何度かご一緒されてますから、顔見知りの可能性はあると思いますよ」

またもや住職はのんびりとした口調で、深瀬たちが探している重要な手掛かりになりそうな発言をする。

「十九日の写経会に、庸治さんも参加していましたか」

脇坂はいつも通り落ち着き払ったままだ。

「されてましたね、そういえば」

午前中に駅のコインロッカーで爆弾を入手した斎賀は、午後一時からこちらの寺で行われた写経会で、芦名と一緒だった。芦名について調べていたら、瓢簞(ひょうたん)から駒で斎賀のその後の足取りがわかったことになる。

二人はやはり通じている可能性が濃くなってきた。

「浦本さんは、どういった亡くなり方をされたんでしょうか。ご存知ですか」

もちろんです、と住職は顔色を暗くする。

「十年ほど前になりますが、与党の大物議員に不正献金疑惑が持ち上がり、当時テレビや週刊誌でずいぶん騒がれました。浦本さんはその議員の秘書だった方で、重要参考人として警察から厳しく追及されていたようです。よくある話で、秘書に任せていた、秘書が勝手にやった、の一点張りで議員本人は責任を逃れ、浦本さんは逮捕直前に自殺されたんです」

「十年前……、浦本、浦本孝志(たかし)さんの事件ですか」

脇坂は記憶にあるようだ。言われてみれば、深瀬もうっすら覚えていて、記憶を手繰り寄せると少しずつ思い出してきた。

「そうです。亡くなられてからも口さがない人たちからのバッシングがひどく、浦本姓では穏やかに暮らせなくなって、残された奥さんと息子さんは改姓されたんです。本当にお気の毒でした」

「覚えています。あの頃、他に大きな事件もなかったことから、どのメディアもこぞってこの件を取り上げ、連日浦本秘書を疑惑の渦中の人物だと叩き、煽っていました。……そうでしたか。斎賀庸治さんというのは浦本秘書の息子でしたか」

いろいろとありがとうございました、と住職に礼を述べ、寺を後にする。

「なぁ、俺の記憶が正しければ、浦本孝志が政策秘書をしていた議員って、天沼惣一だよな」

今回の爆弾テロ防止ミッションで、狙われる可能性が高い三名の中に挙がっている人物だ。

いよいよ核心に迫ってきた感がある。

「それにしても、斎賀を追っている連中の調査、杜撰すぎるだろう。どうしてもっと早く元の姓から天沼に辿り着かなかったんだ」

不満を口にしながらも、仲間内で足の引っ張り合いが多いことは深瀬も承知している。特に脇坂は有能すぎるがゆえに煙たがられ、自分たちが得た情報を回してくれないことがしばしばあった。同じ警察だろうと腹立たしく感じる一方で、姑息な連中に負けてなるものかと闘志が湧く。本当に必要な情報は野上が直接伝えてくるので、実質問題はなかった。

「斎賀の父親が、警察の執拗な追及に耐えかねて自殺した浦本元秘書なら、斎賀も芦名同様、警察と政治家に恨みを持っている可能性がある。出身大学も一緒だし、二人の境遇には似たところがあるから、この寺で会って話をするうちに意気投合したとすれば、今回の件を一緒に計画したと考えるのは不自然じゃない」

深瀬は情報を整理した。

斎賀がインターネット上の取り引きで爆弾を手に入れ、社会への報復を企てる。強者に媚びへつらい、弱者を踏み躙る冷たい社会に一矢報いて泡を吹かせるために爆弾を仕掛け、自分たちの考えを訴える。そういうシナリオなのだとすれば、狙われるのは――。

深瀬の思考をスマートフォンの着信メロディが途切れさせた。

「はい、脇坂です」

脇坂が通話を受ける。相手は野上のようだ。脇坂の引き締まった表情を見て深瀬は察した。

「そうですか。わかりました。指示があるまで待機します」

脇坂は手短に話を終わらせスマートフォンをポケットに戻す。

「なんだって?」

「斎賀の潜伏先がわかった。二時間後に身柄確保にかかる。今度は絶対に逃さないよう万全の態勢で臨むらしい。相手は爆弾を所持している可能性が高いのでＳＡＴも出動するそうだ」

「俺の古巣だ。奴らが出るんなら任せておけば大丈夫だな」

「あともう一つ。今朝、天沼惣一の事務所に脅迫状が届いた。差出人は『世憂会』、初めて聞く団体名だが、タイミング的に斎賀絡みとの見方が優勢で、爆弾テロの可能性を視野に入れた対策を講じるとのことだ」

「脅迫の内容は？」

「今まで裏でしてきた悪事を一切合切告白し、政界から身を引け。従わなかった場合は罪なき一般市民に多くの犠牲が出ると思え。だそうだ」

「爆発物については言及していないが、なんとなく匂わせている感じもするな。これが斎賀の仕業なら、やっぱり標的は天沼だったか」

一番ありそうなところにピタリと嵌（はま）った感はあるが、なんとなくストレートすぎて、ついまだ何か裏があるのではないかと深瀬などは勘繰りそうになる。

「俺が捻くれてるからかなぁ」

「深瀬。西新宿に戻るぞ。事務所で待機だ」

ぽつりと呟（つぶや）いた深瀬の言葉に被せて脇坂が促す。

深瀬は頭をブンと一振りし、大股で歩く脇坂の背中を足早に追った。

＊

斎賀庸治確保の報は午後三時過ぎに野上からもたらされた。

『家宅捜査では爆弾は発見されなかった。仲間の手に渡ったのか、もしくはすでにどこかに仕掛けられているのか。斎賀の取り調べはこれからだが、簡単には口を割りそうにない。逮捕されたときも不敵な態度で、抵抗らしい抵抗はしなかったそうだ』

「天沼のほうは？」

いつものごとく野上とのやりとりはウェブを通じてだ。任務中、直接会って指示を受けることはほぼない。それは深瀬だけでなく脇坂も同様のようだ。

『四日に都内の文化ホールでチャリティイベントが行われ、天沼はそれにゲストとして登壇し、四十分ほど講演することになっている。狙われるとすればおそらくこれだろう。万一の事態を考えて参加を見合わせるよう天沼を説得中だ』

「四日というと明後日じゃないか。本人は渋っているのか」

『脅迫を本気にしていない節がある。これまでにもこうした脅しは何度も受けていて、最初のうちは真剣に対処していたが、いずれも実際には何も起きず、悪戯（いたずら）にすぎなかったそうだ。今回もまたそれと同じだろう、真に受けてこんな間際になって登壇するのをやめたらイベントの主催者に大迷惑をかけ、テロに屈したという悪評も立つ、臆病者の誹りを受け、イメージが悪くなり、次の選挙に影響することになりかねないため聞き入れられない、と強固な姿勢を見せている』

「最近ちょこちょこと綻びが見えてきだしたもんだから、必死なんだろうな」

脇坂の横で野上の話を聞いていた深瀬は、弛んだ頬と皺に埋もれたような目をした七十代の議員の顔を脳裏に浮かべ、そろそろ潮時ではと思った。

十年前に不正献金疑惑が取り沙汰されたときから、クリーンで高潔な印象は崩れだしていたが、ここ二、三年は失言や失態で批判を浴びることが増え、有権者の支持は落ちる一方だ。前回の選挙は辛勝したが、次はかなり厳しいのでは、と予想する向きもある。

このタイミングで弱腰を晒すのは政治家生命の危機になりかねず、天沼としてはそう簡単に引き下がれないだろう。

『警備を強化し、当日会場に厳戒態勢を敷け、自分には警護を付けろ、警察の威信にかけて護りぬけと、上に言ってきたようだ。天沼議員は警察庁長官と知己だからな』

「この分では、イベントを中止させるのも、議員に行動を自重させるのも無理そうだな」

迷惑千万な話だが、天沼が引かない以上、人員を増やしてセキュリティを強化し、万一に備えるほかない。

爆弾の所在とテロ計画の詳細を突き止めることに重点を置きつつ、天沼の身辺警護に力を入れる。捜査方針がそう決まったので、深瀬と脇坂も会場と周辺の点検及び警戒に加わるよう、野上から指示を受けた。

「その前に芦名にもう一度ぶつかって、斎賀との関係を認めさせ、『世憂会』が本当に斎賀たちなのか、爆弾について何か知らないか、聞き出せないですかね」

また知らぬ存ぜぬで押し通されるかもしれないが、このまま芦名を放置するのは問題ではないかと深瀬は食い下がる。

『二人が会って話をしているところを見た等の具体的な証言が出たならともかく、同じ写経会に参加していたというだけでは、知り合いだろう、とごり押しできない。斎賀は確保済みだし、捜査方針が天沼の重点警護に一本化された以上、チャリティイベントが終了するまでは芦名のことはいったん置く』

野上の返事は、深瀬がどう言おうと変わりそうになかった。

「野上警視ってさ、物静かで理知的、デスクに着いて指示を出してるだけの、いかにも官僚って感じの人だけど、話してると、ときどき、本当はめちゃめちゃ手強(てごわ)くて怖い人なんじゃないかって気がして、後からじわじわ鳥肌立つことあるんだけど」

今もほら、と深瀬が粟立った腕を見せると、脇坂はチラリと一瞥(いちべつ)して、前から知っているとばかりに「ああ」と頷く。

「職務柄、何を考えているのか周囲に悟らせないようにしている節はあるから、怖いと感じる気持ちは俺もわかる。だからと言って、権力を不当に利用して圧力を掛けたりはしないから、言いたいことがあるなら言えばいい。反論されてもちゃんと聞く耳を持っている。そこは誰に対しても公平な男だ」

「うん。俺は好きだし、信頼しているよ、野上さんのこと」

「そうか」

脇坂は短く相槌を打ったあと、言おうか言うまいか躊躇うような間を持たせた挙句に、ボソリと独り言のように洩らした。

「俺も負けられないな」

「えっ」

いやそういう意味じゃない、と深瀬は嬉しさと恥ずかしさから慌てて否定しかけたが、脇坂の目に冷やかすような色合いが浮かんでいるのを見て、「バァカ」と大きな背中を平手で叩くだけにした。

軽やかな電子音がして、深瀬のスマートフォンにメールが届く。

野上からだ。

「……俺、ちょっと永田町に行ってくる」

脇坂は何も聞かず「わかった」と返してきた。

「気をつけろ。無茶はするな」

「ああ。お前に神経すり減らさせるようなことはしない」

深瀬は脇坂の目を見据えて約束すると、ポールハンガーに掛けていた上着に袖を通しながら事務所を出た。

＊

『天沼惣一は現在議員会館にいる。事務所は四階だ』

それだけで深瀬は野上が寄越したメールの意図するところを汲み、議員会館を訪れた。

深瀬心です、と名乗って面会を申し込むと、天沼はすぐに深瀬があの深瀬だとわかったらしく、君ならアポなしでも断れないな、と苦笑いしつつ事務所に招いてくれた。

天沼惣一は深瀬の祖父と交流があり、何度か深瀬家に来ている。その際に深瀬とも顔を合わせていて、無碍にできなかったようだ。

「いや、わざわざ心配して来てくれたのは嬉しいが、脅迫状なんか儂はまったく気にしていない。実のところ、よくあることなんだ。いちいち取り合っていたら、政治家本来の活動ができないからな。普段ならこちらから届け出たりしないんだが、今は、爆弾を所持している者がいて、政治家を標的にしている可能性があるとかで警察が張り付いているから、こんな大事にされてしまった。その爆弾所持者も捕まったと言うし、会場の警備態勢は念のため厳重にしてもらうことになったから、儂も大船に乗った気持ちで登壇できる」

　野上から聞いていた通り、天沼は脅迫されても全く意に介しておらず、明後日の予定変更は考えもしていない様子だ。深瀬も、ここに来た目的は天沼を説得することではなかったので、この件にはそれ以上触れなかった。

「しかし、警察に勤めているとは知らなかったよ。末の孫は公務員になったとは聞いていたが、警察とは思わなかった。またどうして？　兄さんたちは四人ともグループ企業のいずれかで役員をしているだろう」

「一人くらい毛色の変わったのが深瀬家にいてもいいかなと思いまして」

「はっはっは。まぁ、あまりヤンチャはせんようにな。久しぶりに顔を見れてよかった。お祖父さんによろしくな。このところご無沙汰続きで申し訳ない、近々ご挨拶に伺えたら光栄だと儂が言っていたと、伝えてくれるか」

　天沼の事務所にいたのは五分ほどだ。

各議員の事務所が並ぶ長い廊下を歩き、エレベータホールを挟んだ反対側の廊下に出ると、斯波武則議員の事務所に近づき、ドアをノックする。

「どなたですか」

不審がる声がドア越しに聞こえる。芦名だ。

「深瀬です」

芦名が押し黙り、逡巡しているようなのが察せられる。

追い返されそうな気配を感じて、深瀬が言葉を足そうと口を開きかけたとき、ドアが薄く開かれた。

「なんのつもりです。議員会館内は許可を受けた訪問先以外に立ち寄ることは禁止されています。ご存知のはずですが」

さすがに今日は顔が強張っている。深瀬の不躾さと身勝手さにムッとしていることを態度と表情で示し、思いきり冷ややかな声を出す。

「天沼先生を訪ねて、これから帰るところだったんだけど、たまたま斯波先生の事務所が同じ階だってことを思い出して」

「言い訳は結構です。用事がお済みなら速やかにお帰りください」

芦名はとりつく島もなく言うと、ドアを閉めようとする。

「天沼先生のところに来た脅迫状のことは聞いてる？」

芦名の動きが止まる。

「……いいえ」

深瀬を睨むように見て、芦名は硬い声音で返事をする。否定の仕方の曖昧さから、はっきり聞いてはいないが、何か察してはいたのだろう。

そのとき、中から「どうかしましたか、芦名さん」と声が掛かった。

芦名の背後に中年の男性が立っている。政策秘書の神部だ。先日、脇坂と一緒に品川区の地元事務所にお邪魔したとき挨拶したので面識はある。

「トラブルですか」

「いえ、警察の方が警備のことでお話があるそうで」

芦名は神部を振り返り、声を潜めて答える。奥にいると思しき斯波にまで、何事かと思われるのを避けたいようだ。

「私でお相手できるようですので、少々席をはずしてもいいでしょうか」

深瀬に牽制する眼差しをくれ、神部に断りを入れる。神部は迷惑そうな顔で深瀬を見たが、事務所に入ってこられるよりは芦名を行かせたほうがいいと判断したのか、わざとらしく溜息をついてから承知する。

「大事な打ち合わせ中です。五分で戻ってきてください。先生にはそうお伝えします」

「ご迷惑をおかけして申し訳ないです」

神部が気を変えないうちにと深瀬はすかさず口を挟み、行きましょう、と芦名を促した。

各階に設けられた喫煙所に誰もいなかったので、そこで話すことにする。

「あなたも大概しつこいですね」

芦名の機嫌はさらに悪くなっていた。斯波議員が来ているのでピリピリと神経を尖らせているようだ。いつも見せていた余裕が感じられない。

「それで、脅迫状とは？　天沼先生の事務所に一目で刑事とわかる方々が慌ただしく出入りされているのを見かけましたので、何かあったんだなとは思っていましたが」

「今朝郵便で届いたそうです。斯波議員のところには来ていませんか」

「来てないです」

芦名は早く話を終わらせたがっている気持ちを露に、間髪容れずにピシャリと答える。無駄話をする暇は一秒たりともなさそうだ。

「それが、あなた方が捜査されている爆弾所持犯からの脅迫なら、斯波先生はもう関係ないのでは？」

苛立ちを隠さず、自分から話を進める。

「斎賀庸治を逮捕しました」

　深瀬は捜査情報をぶつけて揺さぶりを掛け、芦名の反応を見る。

　芦名は僅かも動じた様子はなく、落ち着き払った態度で深瀬を真っ向から見据えてくる。

「例の写真の方ですか。逮捕できたんですね。ではもう、ますます安心していいですね」

「そうでもありません。斎賀はすでに爆弾をどこかにやっていて、回収できていないんです。天沼議員宛に届いた脅迫状との関連もはっきりしていません。狙われているのは他の人物、他の場所の可能性もまだ残っているので、引き続き警戒とご協力をお願いしに来ました」

　会話に間を作ると、即座に芦名に、もうこれでいいでしょう、と切り上げられそうな雰囲気だったので、深瀬はそうはさせじと必死だった。一瞬も気を緩められない緊迫した状況に、手のひらが汗ばんでくる。

「先月の十九日、斎賀は龍栄寺で行われた写経会に来ていたことがわかったんですが、その日あなたもそこにいらっしゃったそうですね。ご住職に伺いました」

「行きましたが、何か？」

　芦名は顔色ひとつ変えずに受け流す。

「あちらの納骨堂で母の遺骨を預かっていただいていますので、都合がつく限り足を運んでいます。写経会にも何度か参加しています。十九日は国会が閉会されて最初の週末でしたので、久々に行けました。でも、他にどんな方がいらしていたかは把握していません。十数名おられましたし、写経中は余所見などしませんから。終わった方から順に帰るのですが、私はいつも最後まで残ってご住職と少しお話ししていきます。あの日もそうしました」

あくまでも斎賀との接触を否定する。

「深瀬さんは、私がテロリストの仲間で、彼から爆弾を預かっていると疑っておられるんですか。出身大学がたまたま同じ、龍栄寺の写経会に同じ日に参加していた、このたった二つが合致しただけで付き纏われるなんて、心底迷惑なのですが。特に大学のことなんて、こじつけもいいところですよね？」

そう言われると反論の切先が鈍る。

「もう五分経ちます」

芦名は深瀬が怯んだ隙に、当てつけのように腕時計を見て言った。

「すみませんが、これから先生をお車でお送りしなければいけませんので」

「芦名さん！」

喫煙室のドアに手を掛けた芦名を、深瀬は声を張って引き止める。

これだけはどうしても言いたかった。

「こう見えて俺も、ここに立つまでには限界を何度も超える苦しさを味わっているし、努力もしてきたから、芦名さんが思っているほど俺たち理解し合えなくはないはずなんだ。積み上げてきたものを壊すのは一瞬だけど、それで人生終われるわけじゃない。そこからまた這い上がるのは、先にした努力なんかとは比べものにならないほど過酷だ。そんな苦しさと引き換えにする価値があることかどうか、慎重で頭のいい芦名さんなら、最後の一歩を踏み出す前に考えるだろ」

「失礼ですが、何の話をされているのかわかりません」

芦名は意味不明だとすげなく突っぱね、最後に深瀬をじっと見据えて、嘲るような笑みを浮かべる。

「前にも申し上げたと思いますが、私には深瀬さんと共感できるところはやっぱり一ミリもないですね。努力なんて誰でもするでしょう。偉そうに言わないでください。その苦労知らずで育ったみたいなお顔を拝見していると本気でムカついてきます。二度と私にかまわないでいただけますか。次にいらっしゃるときは、警察に纏わりつかれないといけない理由と根拠をはっきりさせてください。そうでないなら、もう付き合えません」

強い口調で言い放つと、芦名は喫煙室を出て行った。

最後は珍しく感情を乱していたが、背筋の伸びた後ろ姿はいつも通りシャキッとしていて隙がなく、すでに平静を取り戻しているかのようだ。何があっても揺らがない意志を己の中で確立させているのが感じられ、一度こうと決めたらやり抜きそうな気がする。

手強い、と深瀬は唇を噛む。

自分では歯が立たないと思い知らされた心地だ。なら、脇坂だったら芦名の心を動かせるのか、と考えてみたが、それも違う気がする。脇坂もおそらく、ここは自分の出る幕ではないと感じているから、深瀬に任せてくれたのだと思う。

斎賀と芦名は顔見知り、それは間違いないと思うが、芦名が爆弾テロに関与しているかどうかはわからない。芦名とテロは無関係で、それについては何も知らないのだと信じたい気持ちも深瀬の中にある。反面、生い立ちや、母親が事故死したときのことを考えると、テロを企てる素地があることは否定できない。

斎賀の取り調べが進み、爆弾の所在がわかって回収できれば、何事も起こらずにすむ。深瀬としては、爆弾が芦名の手に渡っていないことを願うばかりだ。

芦名が行ったあと、しばらくして、深瀬も喫煙所を出た。

さすがにこれ以上館内を彷徨(うろつ)いていると、警備員を呼ばれかねない。

おとなしく引き揚げようとエレベータを目指して歩いていると、斯波が事務所から出てきたのが見えて、咄嗟(とっさ)に化粧室と階段の間の廊下に身を隠した。そっと顔だけ出して様子を窺う。

案の定、政策秘書の後ろから芦名が姿を見せる。芦名に見つかったら、まだぐずぐずしていたのかと不興を買いかねない。とりあえず隠れて正解だったと胸を撫で下ろす。先にエレベータの前に立っていて、そこで一緒にならなかったのも幸いだった。僅かの差で、隠れる場所もなく気まずい思いをするところだった。

芦名は左手にいつもの書類鞄を提げ、右手に車の鍵と思しきものを持っている。芦名の運転で斯波をどこかへ送るようだ。政策秘書は手ぶらで、議員が乗った車を見送ったらまた事務所に戻るのかもしれない。

政策秘書にも話を聞きたいが、神部からもすでに胡散臭がられている気がするので、また明日あたりにアポイントメントを取って出直すほうがよさそうだ。

三人が降りたと思われる頃合いを見計らい、深瀬もエレベータホールに行く。

無事議員会館を後にして、脇坂が待つ西新宿の事務所に帰った。

*

『脇坂サポートサービス』に戻った深瀬を待っていたのは、脇坂からの「俺たちは外されたという唐突な知らせだった。

「は？　何の話？」

深瀬は面くらい、首を傾げた。

「斯波武則議員から上のほうにクレームがあったそうだ。身に覚えがあるだろう」

「えっ」

ある。あるが、よもやこう来るとは思っておらず、じわじわと芦名に対して忌々しさが湧いてきた。卑怯者っ、と毒づきたくなる。

「おかげで、明日、明後日と俺たちは自由に動けることになった」

「ん？　ひょっとして、これって……」

「ああ。おそらく野上の読み通りの展開だろう」

「俺、まんまと手のひらで踊らされたってことか」

深瀬がおとなしく天沼惣一への面会だけですまさず、手続きを取らないまま同じ階に事務所がある斯波武則のところにまで押し掛けたため、斯波からクレームが入り、明後日のイベント会場の警備から外された。野上は深瀬ならきっとそうすると踏み、天沼に会いに行くという口実をくれたのだろう。

「ちょっと悔しいけど、まぁいいよ。野上さん、俺が深瀬だってことまで利用するんだから、なんかもう脱帽。俺としても、利用できる場面があるなら、どんどん使ってって思うし」

深瀬は野上のやり方を小気味よく感じてもいて、サバサバした口調で言った。

「おまえのそのカラッとした割り切り方に野上もだいぶ助けられているみたいだぞ」

脇坂にそう言われると、ますますまんざらでもない心地になる。

「明日なんだが、斎賀と十分だけ会えることになった。野上が根回ししてくれて、それだけの時間を取り調べ担当からもぎ取ったそうだ」

「まだ何も喋ってないのか」

「雑談には気が向くと応じるが、肝心なことになると一言も話さなくなるらしい。本人からは何も引き出せていないが、押収したパソコンや携帯の解析を進めているサイバーチームが、テロ活動の仲間と思しき発信者を何人か見つけて、身元と所在の特定を急いでいる」

「仲間に爆弾が渡っているとみて引き続き警戒すべきだな」

斎賀が逮捕時に不敵そうにしていたというのは、自分が捕まってもテロは仲間が実行する、止められないぞ、と心の中で高笑いしていたからだろう。

「天沼が受け取った脅迫状についても調べを進めているが、これについては斎賀とは無関係の可能性もある。天沼は以前からしばしば脅迫を受けていたようだし、警察の動きを察知した何者かが爆破物の存在を知ってそれを利用して脅迫文を書いたとも考えられる」

「うん。本気で爆弾を使うつもりなら、前もって狙いを明確にして警備を厳重にさせる意味はないよな。実行を困難にするだけだ。もしくは、一般人を巻き込む爆破テロなんて元々本気でやる気はなくて、天沼の悪事だけ暴けたらいいっていう壮大なブラフなのか」

「それもなしではないな」

「学生運動が盛んだった時代ならともかく、今の日本で爆破テロを実際にやろうと計画する過激な政治活動家って、なんかピンと来ないんだよね、俺」

「明日、斎賀に会えば、どの程度のことをしそうな人間か、もう少し具体的な感触を得られるだろう」

たとえ斎賀が黙り込んだままで一言も交わせなかったとしても、本人と直に会えば感覚的な印象などどから見えてくるものがあるはずだ。

深瀬たちに与えられた時間は、明朝十時から開始の取り調べの中で、十分間。

「斯波のほうはどうだった」

脇坂が話を変える。

「芦名と話したんだろう」

「五分だけ。今日はすっごく機嫌悪くて、刺々しかった。俺と会ったあとすぐ斯波と出掛けていたから、車内で斯波と二人になることに緊張というか、身構えてるところがあったのかもしれない」

「芦名は斯波をどう思っているんだろうな。そのへんの感情はまだ本心を見せられてない感じがするが」

「母親の元カレで、自分とは血の繋がりはあるけど親子として関わったことはない。直接酷い目に遭わされたわけでもないし、母親の事故死に関係があるわけでもない。でも、わざわざ公設秘書になって斯波に近づいているんだから、何か目的があるはずだよな。自分の存在を家族にバラされたくなかったら自分をもっと優遇しろと脅すとか？　……そういう器の小さい人間じゃなさそうだけど」

そんな姑息なことは考えず、自分の力で道を切り開いていくタイプだろう。芦名の負けん気の強さや、プライドの高さを知っている深瀬は、恐喝など、らしくないと思う。

「それより、大した能力はないのに、縁故と金と立ち回りのうまさで地位を上げ、成功していく斯波みたいな政治家が嫌いで、懐に入り込んで弱みを握り、化けの皮を剝がして失脚させたいとかかな。少なくとも、いつか本人が淀みなく喋っていたみたいに、敬愛していて憧れている政治家、というのは嘘っぽい。斯波武則って、口八丁なだけで、具体的な功績がある政治家じゃないだろ」

最後はつい辛口になってしまい、脇坂にじっと見られて恥ずかしくなる。

「ちょっと言い過ぎだった？」

照れ隠しに聞くと、脇坂はふっと口元を緩ませ、いや、と顔を横向ける。

「たぶん、おまえは芦名が好きで、だから道を踏み外してほしくないと気にかけているんだろうな、と思っただけだ」

「うーん……どうかな」

脇坂の前ではうやむやにしたが、胸の内では、そうかもしれない、と認めていた。

5

警視庁公安部の取調室に斎賀が連れてこられた。

隣室からマジックミラー越しに斎賀がパイプ椅子に座る様子を見て、なるほどこれは手強そうだと感じた。

斎賀庸治は細身だが鍛えた体つきをしており、武闘派のインテリという印象だ。防犯カメラに映っていたときは剃っていた髭を伸ばしていて、ワイルドさが増している。落ち着き払い、悠然とした態度で、表情も穏やかだが、何を言っても静かに無視するというか、暖簾に腕押しという感じで、挑発にもそうそう乗りそうにない。

「どうだ?」

深瀬たちがいる小部屋に野上が入ってきて、低めた声で聞く。

野上と直に会うのは久々で、反射的に身が引き締まる。直属の上司だからか、ただのおじさんという感覚しかない警視総監とすれ違うときよりよほど緊張する。

「お疲れ様です」

脇坂は、言葉遣いこそ普段より丁重ではあったが、それ以外はいつも通りで、付き合いの長さを感じさせる。気負わず、自然体で、野上もやりやすそうだ。

「難しそうですね。先程から捜査員が二人がかりで爆弾をどこへやったのか聞き出そうとしていますが、口を開く気配もない」

「昨日、深瀬が言ったという、大掛かりなブラフ説は、実際に斎賀を見てありそうか」

「正直なさそうだなと今は思っています」

深瀬は斎賀の顔を見据え、感じたままを率直に答える。

「何を言われても聞かれてもいっさい動じないあのふてぶてしさというか、肝の据わり方、ハッタリをかまして世間を騒がせたいだけの愉快犯じゃない気がします。秘書だった父親は、天沼に実質殺されたようなものだと本気で考えていて、捜査もろくにしないで幕引きした警察や、あることないことネットに書き込んで死者を鞭打つような真似をした世間の人々に報復するつもりなんじゃないかと。それなら狙いはやはり天沼で確定じゃないですか。爆破が計画通り実行されて、天沼や、集まった市民に甚大な被害が及びさえすれば目的達成で、それさえ見届けたら潔く裁きを受けると腹を括っての黙秘じゃないでしょうか」

「だとすれば、仕掛けた爆弾が作動するまでは、何があろうと口を割らないな」

「最悪、天沼議員が登壇をやめたとしても、爆破は実行するかもしれない。今から集会自体を中止することはできないんですか」

「いや、それは上が渋っている」

　野上自身は脇坂と同意見でも、上の意向には逆らえないようだ。

「警察の威信にかけて何事もなくイベントをやり遂げさせろとのお達しだ。昨日からハコの点検を徹底的に行っている。前もって爆破物が仕掛けられていれば必ず見つけ出す。当日は参加者全員の保安検査を厳重に行うことになった。金属探知ゲートも設置する」

「それを斎賀にぶつけて、反応を見てみましょうか」

「いいだろう。きみたちに任せる」

　野上が腕時計を確かめ、そろそろ時間だ、と言ったのと、斎賀と向き合って座っていた捜査官が椅子を引いて立ち上がったのとがほぼ同時だった。

　交代で深瀬と脇坂が取調室に行く。

　斎賀は捜査官が代わってもなんの関心もなさそうに二人をチラリと一瞥（いちべつ）しただけで、誰が来ても同じことだという態度だ。

　脇坂が斎賀の前に座り、深瀬は脇坂の傍に立つ。隅のデスクには記録を取る係がいる。

「天沼議員への脅迫状はきみが出したものか」

「……」

「きみのお父上が天沼議員の元秘書で、十年前、政治資金規正法に反する献金を受けた容疑を掛けられ逮捕される直前に自殺したことは把握している。きみが首謀者で、爆破物をどこかで使うとすれば天沼議員が登壇する明日のイベントだと我々は見ている。警戒は厳重だ。実行役の仲間がいても計画は頓挫する」

「……」

「爆弾は今、どこにあるんだ？」

「……」

「芦名正樹を知っているな？　衆議院議員、斯波武則の第二秘書だ。彼ときみは同じ大学の先輩後輩で、龍栄寺と縁があり、爆弾を手に入れた先月十九日、その寺の写経会に二人とも参加している。爆弾はそのときききみから芦名に渡ったんじゃないか」

「……」

芦名の名を出しても斎賀は顔色一つ変えない。目は脇坂を通り越してマジックミラーがある壁に向けられているものの、何も見ていないようだった。話を聞いているのかいないのかも判然としない。

そのとき、ドアをノックして野上が顔を見せた。

「深瀬」

ちょっと来てくれと合図され、深瀬は取調室の外に出た。

このタイミングで野上から呼ばれるなど、不穏な予感しかしなかったが、案の定だった。

「先程、斯波議員の家族から警察に相談があった。昨晩から議員が帰宅しておらず、連絡もつかなくなっているそうだ」

「夕方五時頃、芦名に車を運転させて出掛けていきましたが、芦名はなんと……？」

「その芦名とも連絡が取れない状況だ」

芦名も一緒に何かトラブルに巻き込まれたのか、はたまた、芦名が斯波をどこかへ連れ去ったのか。可能性としてはどちらも考えられたが、深瀬は直感的に芦名の仕業だ、と思った。

「第一秘書の須崎によると、昨晩の議員の行き先は、どうやら懇意にしている女性の自宅マンションだったらしい。須崎が女性に、先生はどうされたのかと聞いたところ、昨晩は急用ができたので行けなくなったとメッセージアプリに連絡があった、自分は会っていない、という返事だったそうだ。元々の予定では、六時に女性と部屋で会う約束をしていて、夜のうちには自宅に帰ることになっていた。斯波の妻、貴和子はむろん女性とのことは知らず、昨晩も仕事上の付き合いで遅くなると思っていた。ときには午前一時、二時を過ぎて帰宅することもあったので、いつもの通り先に休んだのだが、今朝起きても帰宅しておらず、連絡もつかなかったので心配になって警察に届けたとのことだ」

「斎賀はこれに関わっているんでしょうか。聞いてみます」

深瀬は取調室に戻ると、新たな動きがあったことを斎賀に叩きつけてみた。

「芦名正樹が斯波武則議員と一緒に行方不明になった」

ピクリ、と微かに斎賀の頬が引き攣る。脇坂も見逃さなかったようで、そうだとわかるタイミングで深瀬と目を合わせてきた。

間違いない、斎賀と芦名は繋がっている。爆弾テロを共謀して計画した仲間だ。そして、このことは斎賀にとっても想定外の、突発的な出来事なのだ。斎賀が僅かに見せた反応から脇坂も深瀬と同じ感触を得たらしいと察せられた。

「本来の計画では、芦名が明日のチャリティイベントに爆弾を仕掛ける実行役だったんじゃないのか。だが、芦名は勝手に計画を変更し、ターゲットを斯波にした。理由はおそらく、誰かが天沼に脅迫状を送りつけたため、天沼に対する警備が厳重になり、イベント会場を狙うのが難しくなったこと。それから、事前に織り込み済みだったかもしれないが、きみが逮捕されて身動きが取れない状態でいること。他にも仲間がいるようだが、彼らは指示に従うだけで、きみが逮捕された以上、芦名の指図で動くんだろう」

ここでも斎賀はギリッと歯を噛み締めるような顎の動きを見せた。感情のセーブが利きづらくなってきているらしい。

「芦名は合理的で判断が早いようだ。爆弾を無駄にするより、警察が天沼の警備に人員を割いている今、自身が報復の対象にしている斯波を脅して拉致した。筋書きが変わったのでは？」

「あいにく、その手には乗らない」

ようやく斎賀が口を開く。初めて声を聞いた。自分も他人も嘲っているような、捻くれた感じがする陰気な声だ。話し方にボソボソしたところはなく、喋れば弁は立つのだろうと思われる。

「勝手に憶測していろ」

吐き捨てるような調子で短く言うと、唇を固く引き結ぶ。

そこからは再び黙り込んでしまい、どこか上の空で考えに耽っているふうだった。

結局時間切れで、約束の十分が経つと、席を外していた担当捜査官たちが戻ってきて、脇坂と深瀬は取調室を後にした。

「平静を装っていたが、芦名の件、斎賀にとって予期せぬ事態だったようだな」

「ああ。おまえの話を憶測だと突っぱねていたけど、顔つきがマジで、明らかに余裕をなくしていた。当たらずとも遠からずなんじゃないか」

「脇坂。深瀬」

マジックミラーで取調室の様子を引き続き見ていた野上が隣室から出てくる。

「きみたちは斯波議員と芦名の捜索に回ってくれ。現時点で摑めている情報は送る」

「了解。天沼の警護と会場警備は予定通りの規模で行うんですか」

「爆弾を持っているのが芦名なのか、それとも他の仲間なのかがはっきりしない以上、捜査方針は天沼が狙われている前提で変わりない。斯波議員のほうは、できれば今日中にカタを付けろと上が言ってきた」

「努力します」

脇坂はいつも通り粛々と責務を果たす態度で野上に一礼すると、深瀬に視線をくれ、行くぞと促してきた。


警視庁を出てすぐ、先ほど野上が言った情報が、脇坂のタブレット端末に送られてくる。訪ねるはずだった懇意にしている女性や妻の話、議員を乗せた車両の車種および登録ナンバー、芦名に関する個人情報などに目を通す。

「芦名の機嫌がいつにも増して悪かったのは、あの後、斯波を愛人女性宅に送らないといけなかったからだったのかも。考えてみたら斯波もすごいよな。公私混同もいいところだし。秘書なんかなんでも言うことを聞かせられる使用人としか思ってないみたいだ」

芦名が元カノと縁のある人間ではないかと勘づいていたとすれば、愛人宅への送迎をさせるのは相当厚顔だ。斯波は二十数年前に別れた女性のことなど記憶の彼方に押しやっており、苗字が同じでも気に留めなかったのかもしれない。ましてや、芦名が自分の子である可能性など頭を掠めもしなかったのではないか。

「同棲して結婚の口約束までしていた母親を捨て、立身出世に有利な相手に乗り換えておきながら、それにも飽き足らず愛人を作るような男が、世間にはいい顔を見せて立派な議員面しているのかと思うと、化けの皮を剝がしてやりたくなる気持ちはわかるな」

「昨日、議員と芦名を最後に見たとき、何か気づいたことはなかったか」

脇坂に聞かれ、深瀬はエレベータホールへ向かう斯波と芦名、神部の様子を思い返す。

芦名は普段と変わらずダークカラーのスーツを一分の隙もなく着こなし、書類鞄を提げていて、これから打ち合わせか何かに赴く議員のサポートをする、という雰囲気だった。

「これといって違和感はなかった。あえて言えば、議員を愛人宅に送るために芦名が運転を任されたとは想像もしなかった。てっきり仕事で斯波に同行するものとばかり思っていたから、実はと知って呆れたよ」

「週刊誌に嗅ぎ付けられたら大事だからな。斯波は芦名のことは頭から信用していたわけだ。絶対に秘密を漏らさない、忠実な秘書だと」

「そうだね。芦名の働きぶりは完璧で有能みたいだし、斯波を尊敬している振りもしていたから、よもや裏切られるとは思ってなかっただろうな」

練馬(ねりま)の愛人女性がメッセージを受け取ったのは午後五時五十分。六時くらいに行くと約束していたそうなので、十分前に急遽(きゅうきょ)キャンセル連絡が来て、女性もびっくりしたらしい。斯波のスマートフォンから送信されたものだそうだが、電話ではなかったところからして、そのときには斯波は芦名に従わざるを得ない状況になっていたか、もしくは、メッセージを送ったのは芦名だったとも考えられる。

深瀬たちは芦名の自宅がある墨田(すみだ)区に向かっていた。

最寄(もよ)りの錦糸町(きんしちょう)駅から徒歩七分、なかなかの好立地マンションの部屋を借りている。

あらかじめ連絡しておいた管理人がエントランスで待っていて、こちらです、と五階の部屋に案内してくれた。

「きちんとした礼儀正しい方で、これまでトラブルは全然起こしてないです。挨拶も必ずされるし、ゴミ出しとかのルールも守られてるし、もちろん家賃滞納もされたことありません」

「芦名さんはいつ頃からこちらに？」

「三年ほど前からです」

「この男性、見掛けたことありませんか」

「さぁ、ちょっとわからないですね。見たことないと思います」

六十代くらいの管理人は、ずり下がった眼鏡を指で押し上げながら、脇坂に見せられた斎賀の写真に首を振る。

「どうぞ。終わったら声を掛けてください」

深瀬と脇坂は管理人が鍵を開けた部屋に入る。

予想通り室内は綺麗(きれい)に片付いていた。

１ＬＤＫ、五十平米ほどの広さの部屋に置かれているのは、ソファやローテーブル、リビングボードにテレビ、仕事用のデスクとチェア、書棚、椅子が一つだけのダイニングテーブル、寝室のベッドといったふうで、必要最小限だが質のよい物を吟味して選んだのであろうところに芦名らしさが表れている。書棚は最近不要な本を処分したのか、どの段にも隙間がある。クローゼットも同様で、余っているハンガーが何本もあり、引き出しもスカスカだ。極め付けは冷蔵庫の中身で、水のペットボトルと、冷凍庫にかち割り氷があるだけで、どう見ても普通に生活する気があるとは思えなかった。

「ていうか、片付きすぎてる感じじゃない？」

「ああ。まるで、もうここに戻る気がない、しばらく戻って来られないと覚悟していたんじゃないかと思えるほどだ」

身辺整理でもしたのかという印象の室内に、脇坂も深瀬と同じことを考えたようだ。

「元々は斎賀の計画通り天沼議員をターゲットにした事件の実行役を務めるつもりで、万一逮捕された時のことを考えて身辺を整理していたのかもしれないが、昨日、斯波議員を攫う千載一遇のチャンスが巡ってきたと判断して、斎賀を裏切り、以前から考えていた自分の計画を決行した。全てのことが、芦名に都合がいい状況だったんじゃないか」

「斎賀の逮捕、天沼議員が届け出た脅迫状、警察の警備の重点化。斯波を私用で送り届ける運転手役を言いつかったこと。確かに」

「深瀬」

デスクの引き出しの深い段に並べられたファイルを一冊一冊捲っていた脇坂が、何か見つけたようだ。

脇坂が手にしているのは水色の大判の封筒だった。ファイルの間に挿してあったらしい。

封筒に印刷された会社名から、別荘やリゾートマンションなどの不動産を扱う企業だとわかる。軽井沢や浅間高原、小諸などの物件が主のようだ。

「芦名は昨年九月、中軽井沢に別荘を購入したらしい」

築三十五年、五十六平米ほどのロフト付き山小屋ふう一戸建てを、約二千万で購入した際の契約書と権利書がファイルに綴じられている。

「芦名は斯波をこの別荘に拉致した可能性、ありそうだな」

まるで見つけてくれと言わんばかりに置いたままにされているファイルを、深瀬は芦名の良心の表れのように感じ、胸がざわついてきた。本当は誰かに止めてもらいたがっているのではないか。ここにいるから来てくれと言われている気がして、この発見を無碍にできなかった。

「車で軽井沢に行くには、練馬インターチェンジから碓氷軽井沢インターチェンジまで高速道路を利用するのが一般的だ。愛人女性宅に行くと見せかけて練馬まで行き、そこから関越自動車道に乗ったとすると、議員もそれまでは疑念を抱かなかったはずだ」

「車中で睡眠導入剤入りの飲みものでも勧めて、斯波を眠らせる。芦名なら難しいことじゃないよな。意識をなくした斯波からスマホを取り上げ、愛人女性にメッセージを送信して、軽井沢まで連れていったんじゃないか」

推理を進めるにつれ、当たらずとも遠からずだったのではないかと思えてくる。

「高速の料金所の防犯カメラに、芦名が運転していた車両が映っていないか確認してもらう」

脇坂が野上にこの件を報告すると、すぐに調べて折り返すとのことだった。

「どうする？　返事を待つ間も惜しいし、たぶんこの推理、大きく外れてはいない気がするから、一か八か軽井沢に行ってみないか」

「その前に、許可を取って銃を携行しろ。使わずにすむことを祈るが、相手は爆弾を使う可能性がある。阻止できるチャンスがあったとき、銃とおまえの射撃の腕があれば心強い」

「わかった」

通路で待っていた管理人に礼を言ってマンションを後にする。

脇坂に言われた通り一旦警視庁に銃を取りに行くと、野上が来て、「あったぞ」と三、四十分前に聞いたばかりの料金所通過時の防犯カメラ画像の返事をくれた。

「最速で調べさせた」

「ありがとうございます」

これだ、と野上が自分のタブレット端末に画像を出す。

「碓氷軽井沢で高速を降りた際の記録だ」

「間違いなく芦名ですね。車両ナンバーも斯波武則の公用車のものだ」

「今から捜査員を集めて緊急会議を開く。きみたちは先に別荘に向かえ。長野(ながの)県警に応援を要請しておく。突入作戦等の決定事項があれば知らせる」

「了解」

東京(とうきょう)から軽井沢まで新幹線で一時間強かかる。すぐに駅に向かった。

新幹線の中で深瀬は「爆弾のことだけど」と脇坂に言った。

「やっぱり芦名が持っているんだろうか」

取調室での斎賀の態度や反応を鑑みると、そう考えるのが最もありそうだ。

「俺、もしかしてと思っていることがあるんだけど」

「なんだ」

「芦名、外出時にいつも書類鞄を持っていた。昨日、斯波と出掛けるところを見たときもだ。ひょっとしてあの中に爆弾を入れていたんじゃないかと思ってさ」

「ショットバーの前で芦名と会ったとき、俺も見た。そうだとすれば、おまえ、ずっと爆弾入りの鞄の傍にいたことになるぞ」

「うっ。知らぬが仏、って、芦名にほくそ笑まれていたのかもしれないな」

「斎賀から芦名に渡ったとすると、寺の写経会で鞄ごと交換したのかもな。書類鞄なんかどれも似たり寄ったりだ。どこかに置いた鞄をわざと取り違えて持って帰れば、誰にも気づかれることはないだろう」

「斎賀は捜査の目が自分に向くことを見越し、爆弾を受け出すとすぐ芦名に預けた。万一自分が捕まって身動きが取れなくなっても、芦名が他の仲間と天沼を狙って騒ぎを起こす。だから逮捕時は悠然としていたんだな」

ところが、思いがけず天沼の許に自分達とは関係ない脅迫状が舞い込んでしまった。捜査陣が、爆破物を使って政治家を狙ったテロの可能性があると天沼にも注意喚起していたため、いつもは悪戯で済ませる天沼側が今回は見過ごさずに届け出た。その結果、当日の警備が予想外に厳しくなり、実行が難しくなったので、芦名が独断で標的を斯波に変えた。

「芦名が斯波と行方をくらましたことを知らなかったらしい斎賀の反応と併せて考えると、そんなところだろう」

脇坂も同意する。

「でも」と深瀬は首を傾げた。

「芦名はなんのために斯波を拉致したんだろう。世間を騒がす凶悪犯罪を犯せば、将来を棒に振ることになる。身代金目当てとかじゃないと思うし。報復だとすれば、爆弾で脅して、過去にしてきた行いを懺悔させるとか?」

「それを録画してインターネットに流し、好感度の高い政治家のイメージを崩し、失脚させるつもりなんじゃないのか」

「家庭円満を装いながら愛人がいるとか、実は自分は斯波が昔捨てた女性との間に生まれた息子だとか、口が達者で見た目は立派だが政治家としてはほぼ無策で無能だとかは、もちろんイメージダウンではあるけど、犯罪を犯したとか、国民を裏切る背任行為をしたっていうのとはわけが違う。そこまで致命的な欠陥じゃない気がする。こんなことのために拉致までするとは思えないんだけどなぁ」

「斯波武則が狙いではないとしたらどうだ」

「え?」

脇坂の言葉に深瀬は目を見開いた。

「……あ。元総理の義理の祖父。元通産大臣の義父。確かに。どっちも叩けば埃(ほこり)が出そうな筋金入りの大物政治家だ」

「芦名は斯波の秘書になって、婿養子の斯波が、義理の父親や祖父たちが絡んだ不正や背任行為に関わっていることを知った。それを斯波武則に告白させようとしているのかもしれない」

「そっちのほうが、あり得るな」

しかし、そうなると、虎之助(とらのすけ)や信寛(のぶひろ)が黙ってはいないだろう。

「身に覚えがあったら、今頃、拉致された理由というか、目的に勘づいて、警察に圧力を掛けてきてそうだ」

おそらく、すでに掛かっている。

野上が、上から今日中にカタをつけろと達しがあった、と言っていた。

へたをすると芦名ばかりか斯波の命も蔑(ないがし)ろにされかねない事態が想像され、深瀬は闇を覗(のぞ)

いた心地になった。

早く現場に行って芦名の身柄を確保し、斯波を解放させなければ、と焦燥に駆られる。

新幹線の進みが遅いようにさえ感じられ、ヤキモキする。

「落ち着け。新幹線の中で走っても何も変わらない」

脇坂の冷静さに、そうだよな、と深呼吸して気を取り直す。

新幹線は定刻に軽井沢駅に到着した。

駅からはタクシーで中軽井沢にある芦名の別荘に向かう。

タクシーに乗り込んで、深瀬が運転手に行き先を告げたとき、脇坂のスマートフォンが鳴りだした。野上からの電話だ。

「今タクシーに乗った。……ああ、……ああ、わかった、確認する」

脇坂は野上の話を聞いて二つ三つ相槌（あいづち）を打つと、すぐに通話を終わらせ、タブレット端末を手にして共有ファイルを開いた。

「別荘を調査した県警からの報告だ。敷地の裏手に斯波議員の公用車が駐（と）められており、中に人がいる気配はあるが、呼びかけに応答はなし。カーテンが閉まっているため室内の様子は視認できない。科捜研がサーモグラフィーで調べたところ、リビングダイニングキッチンに二人いることがわかった。周辺に緊急配備を敷き、付近の住民及び宿泊客の退避を進めているとのことだ」

「爆弾を所持している可能性が高いから、迂闊に近づけないな。芦名は冷静で理性的な性格だと思うが、追い詰められたら判断力をなくすことも十分考えられる。下手に刺激しないよう指揮官が指示を出してくれているといいんだが」

「現場の指揮は今のところ県警の警備第一課課長が取っているが、警視庁公安部公安総務課課長の長倉警視が臨場するまでは待機して監視のみ続けるよう達しが出ているそうだ。野上の情報では、長官官房から審議官もこちらに向かっているらしい」

「長官官房か。いよいよきな臭くなってきたな」

シーズン真っ盛りの軽井沢、芦名の別荘は最寄り駅から車で五分ほど走った山の中にあり、隣家との距離も少し離れているとはいえ、重要事件が起きている可能性があるからと退避させられた人々がＳＮＳなどで呟き始めており、徐々にインターネット上で、何事か、と拡散されつつあるようだ。

別荘に近づくに従い警察官の姿を多く見かけるようになり、タクシーの運転手も「何かあったんですかね」と戸惑っていた。

少し離れた場所でタクシーを降り、規制線の内側に、警察手帳を提示して入れてもらう。

警備第一課の課長は下川という四十代半ばくらいの男性で、気骨のありそうな人物だ。

「何もするなと命令されてるんで、こうして別荘を遠巻きにする感じで待機してますが、さっきちょっと室内で動きがありました。二百メートルほど離れたところに今は空き家になっているコテージがあって、そこから望遠レンズ付きのカメラで見張らせていたら、外の様子を覗くためか、カーテンが少し開いて、室内がちらっと見えたんですよ」

共有ファイルに送られてきたという画像データを見せてもらう。

カーテンを捲ったのは芦名だと思われるが、横合いから注意深く外を覗いたようで、芦名の姿は隠れて見えない。だが、僅かにできた隙間から、斯波議員と思しき男性が椅子に座らされているのをカメラは見事に捉えていた。

映っているのは腰から下だけだが、昨日深瀬が見たとき斯波が着ていたものと似ているし、体格も斯波議員らしいので、間違いない。おそらく両腕は後ろ手に縛られているものと思われる。足首はロープで一纏めにされていて、立ち上がることができたとしても転倒するのがおちだろう。自力で逃げ出すことはできないようだ。

それより重要なのは、斯波の足元に置かれた物体だ。

ダイナマイトを五、六本束ねたような形状のもので、時限装置と思しきプレートが付いている。そのプレートと束ねられた筒が細いコード数本で繋いであり、細部はわからないが爆破物の可能性が高そうだ。

「ちょっとこの画像お借りします」

脇坂は画像を野上に送ると、すぐに電話をかけ、折り返し返事をくれと頼んでいた。

十分後には野上から連絡があり、収監中の百井に画像を見せたところ、画像が荒くて絶対とは言えないが、たぶん自分が作った爆弾だと思う、と答えたらしい。

ＳＡＴにも出動命令が下りた、とのことで、ますます不穏な事態になってきた。

「その前に、芦名と何度か会っている我々に、芦名と話をさせてもらえないか」

『わかった。責任は私が取る。気をつけて当たってくれ』

「刺激しないよう細心の注意を払う」

脇坂は野上に許可をもらうと、深瀬の顔を見て口を開きかけた。

その前に深瀬は先回りする。

「俺も行く。止めても無駄だ。芦名とは一緒に酒を飲んだ仲だ。俺にしか察せられない何かがあるかもしれない」

深瀬が梃子でも動かない姿勢を見せたからか、脇坂はふっと一つ息を洩らすと、頷いた。

敷地内は蟻の這い出る隙間もないほどの厳戒態勢が取られ、表も裏も県警が数十名の人員を配備し、緊迫した状態になっている。

捜査官たちの注視を浴びながら、脇坂と連れ立って別荘の玄関に近づいていく。

別荘は高床式建築で、リビングダイニングと繋がったテラスと同じ高さに、デッキが設けられていて、そこが玄関ポーチになっている。玄関までは木製の階段を数段上がる形だ。建物はかなり古くなって、あちこち塗装が剝げたり、鉄製の建具が錆(さ)び付いていたりして、芦名自身購入してからほとんど来たことがないのではと思いたくなるほど、手を加えた形跡が見られない。まさに、今回のような機会が訪れたときのために用意していたかのようだ。

「芦名さん、脇坂です」

木製の玄関ドアに付いたノッカーを叩き、声を掛ける。

「深瀬と二人、中に入れてもらえないだろうか。少し話がしたい」

屋内で人が動く気配はするが、玄関に近づいてくることはなく、返事も返ってこない。

そのまま二分ほど脇坂は微動だにせずドアの前に立ち続けていた。一歩下がった位置で深瀬も息を潜めるように事態を見守った。

やがて、カチリと金具を動かす音がして、ゆっくりとドアが開き、今までとさして変わらぬ落ち着き払った様子で芦名が顔を見せた。顔色が少し青白さを増している気がするが、普段との違いはその程度だ。大した肝の据(す)わりようだと舌を巻く。これだけのことをしておきながら、ここまで平常心を保っているのは、凄(すさ)まじい精神力だ。

「本当に二人だけなんですね。爆弾があるとわかっていながら来るとは、勇気がありますね」

どうぞ、と人一人通れるくらいまでドアを開く。

脇坂に続いて深瀬が中に身を入れると、芦名はすぐにドアを閉め、閂を掛けた。これもまた古いものだが、ガタが来ているふうではなく、なまじな鍵より頑丈そうだ。

この別荘の売買を扱った不動産会社から入手した間取り図によると、玄関を挟んで左にリビングダイニングキッチン、右に寝室、どちらの部屋にも広いロフトが付いている。

「お話はこちらで伺います」

芦名は二人を斯波と会わせるつもりはないらしく、問答無用で寝室の方に進ませる。玄関の先にちょっとした取り次ぎスペースがあり、リビング側はスライド式の引き戸で閉て切られている。中がどうなっているかは見えなかった。

寝室にはシングルサイズのベッドが一台置かれているが、昨晩使われた形跡はない。どうやら芦名は寝ていないようだ。

「いろいろ聞きたいことはあるが、時間がないので、要点だけ話す。斯波議員を解放し、このまま我々と来てほしい」

脇坂は単刀直入に言う。

その間、深瀬は傍に立っているだけに徹していた。今、芦名と目を合わせると感情的になってしまいそうで、自分を平静に保てる自信がない。芦名も深瀬と向き合うのは避けたがっている気がして、あまり顔を見ないほうがいい気がした。

「今すぐは無理ですね」

芦名は普通の会話をしているような調子で淡々と返事をする。警察と話しているという意識がないとしか思えない。太々しいわけではなく、あくまでも丁寧で上品な話し方をする。周囲の緊迫感と温度差が違いすぎて、わけがわからなくなりそうだ。

「ここで投降すれば穏便にすませられるが、強行突入となるとあなたも無事ではいられないかもしれない。抵抗することに意味があるのか」

「じきに本庁からも大勢の方が加勢に来て、特殊部隊みたいな方たちが催涙弾でも投げ込んできて、ここを制圧するんでしょうか。こんな経験、たぶん生涯で一度きりですよね」

「ふざけているのか。こちらは真面目な話をしているんだ」

さすがに脇坂もムッとしたようで、声に険が混ざる。

「議員の足元の爆弾、タイマーは動いているのか」

「動いています」

さらっと言われ、これには深瀬も目を剝いた。

「なっ……！」

「まだあと二十分は爆発しません。そうしないと折れてくださらなかったので仕方なく」

「仕方なくって、なんだよ！」

この場は出しゃばらず、脇坂に任せておとなしくしているつもりだったが、芦名があまりにも泰然としていることに腹が立ち、つい声を荒らげる。

「斯波武則はあんたの父親なんだろう」

「そうかもしれませんが、この際、それはどうでもいいことです」

芦名はたじろぎもせずに深瀬を真っ向から見据え、冷ややかに言う。

「前にもお話ししたかと思いますが、私は努力もなしに既得権益の恩恵を受けて甘い汁を吸う恵まれた生まれの人たちに子供の頃から違和感を覚えていました。あなたもその一人と昔会ったときは思いましたが、どうやら畑違いの職業に就いて人並み以上の努力をされてきたようなので、あなたみたいな人も中にはいるんだなと認識を変えました。ですから、あなたに対してはなんら思うところはありません。でも、政治家一家で知られる名門斯波家がしてきたことは告発せずにはいられない悪行だらけです。何も知らずに騙され続けている世間の人たち、血税を払っている有権者たちに、真実を明かさないわけにはいかない。うちの先生も婿養子に入ってとんとん拍子に出世していますが、実のところそれを餌に懐柔されて、虎之助と信寛にいいように使われ、隠れ蓑として利用されているだけです。いざとなったら斎賀さんのお父上のようにあっさり切り捨てられ、自殺を強要されることになりかねない。それでいいんですか、と昨晩からずっと説得していたのですが、どうしても信じていただけないようでしたので、仕方なく、です」

「仕方なく、爆弾で脅して、何をさせる気だ」

「先生が斯波家の安泰とますますの権力を得るためにしてきた、反社会勢力との癒着、裏取引、政敵を奸計(かんけい)で陥れ再起不能にした卑劣な手段の数々、マネーロンダリングや海外口座を使った巨額の脱税、少女買春、挙げればまだまだありますが、そういったことを先生に告白していただきます。正味十八分で話し終える原稿を私が作成しました。先生はそれを上手に情感を込めてスピーチするだけです。いつも講演会などでなさっているように」

手慣れたものでしょう、と芦名はにっこり笑う。なまじ顔立ちが整っているだけに、このシチュエーションでそんな笑みを見せられると、凶々(まがまが)しいほどの美しさに背筋がゾクッとする。

脇坂は深瀬とは違う意味で顔色を変えたようで、腕に嵌(は)めた時計を確かめ、怒りを押し殺し損ねたような声を出す。

「爆発は二十分後だと言ったな」

「ええ。多分、今もう原稿を読み始められたと思いますよ」

「そこをどけ」

脇坂がドアを背にして立っていた芦名を荒々しく押し退(の)け、寝室を出る。

芦名は抗わず、深瀬が脇坂の後を追うのも止めなかった。最後に自分もついて来る。

「ライブ配信中なので、お静かに」

芦名が声を潜めて言ったのと、脇坂がもう一つの部屋の引き戸をスライドさせて開けたのが同時だった。

十畳ほどの広さのリビングダイニングキッチンで、斯波議員はさながら動画撮影中の発信者のようだった。議員は両手を自由にされており、目の前に書き物机が置かれ、その上にノートパソコンが載っている。カーテンの隙間から捉えた写真とは、だいぶ様子が違っていた。変わらないのは、足は一纏めにして縛られたままであること、そして五十センチほど離れた床に、例の筒状のものを数本束ねて時限装置に接続された爆弾が置かれていることだ。

「わ、私は義父、斯波信寛から劉世会の大庭圭一氏を紹介され……」

芦名の言った通り、斯波はノートパソコンのキーボードの上に置いた原稿を必死で読んでいる。顔面を強張らせ、ピクピクとひっきりなしに頬や唇を引き攣らせながら話す様は、普段の自信に溢れた明快な話し方とはまったく違い、異様な雰囲気だ。パソコンの横には目覚まし時計がこれ見よがしに置いてあり、爆弾の時限装置のデジタル時刻表示も、一秒ごとに減り続けている。なんとしてでも時間内に原稿を読み終わり、爆弾を止めてもらわなければと、斯波は極度の緊張状態に陥っているようだ。それ以外のことは考えられず、目にも耳にも入れる余裕をなくしているのか、脇坂たちが来たことにも気づいた様子がない。

「今これがライブで流れているのか」

思わず深瀬は呟いた。

脇坂が斯波に近づこうと一歩踏み出す。おそらく爆弾を止めに行こうとしたのだろう。

「動かないでください、お二人とも」

背後で芦名が場違いに穏やかな声を出す。

その手にはいつの間にか黒光りする拳銃が握られていた。

＊

なんとなくだが、芦名はこういう非人道的な、なりふり構わない過激なことはしないと思っていた。もっと他にクールでクレバーなやり方があったのではないかと、がっかりせずにはいられない。斯波を拉致したのは芦名だとしても、最後の一線は踏み越えないと心のどこかで信じていた。脇坂に言われた通りだ。

斯波は途中で脇坂と深瀬に気づいたようだが、脇見をする暇さえなさそうに、ところどころつっかえながら原稿を読み続ける。振り向いたところで、間抜けな捜査官が芦名に銃を突きつけられているのを見て、人質が増えたとがっかりすることになっただけだろう。

二人は壁を向いて横並びに座らされ、芦名に油断なく銃を向けられている。

「……本物？」

だとすれば、どこから入手したんだ、と聞きたい気もしたが、爆弾さえインターネットで取り引きする斎賀たちの仲間だ。拳銃もそうした闇サイトで購入できても不思議はない。

「さぁ。私に引き金を引かせるようなまねをしなければ、どっちでも同じことですよ」

芦名ははぐらかす。だからといって偽物だと断じる気にさせないのが、この男の厄介なところだ。何が真実で、何がブラフなのか、容易には察しさせず、一筋縄ではいかない。

「表が先ほどまでより騒がしくなりましたね」

遮光カーテンがきっちりと閉まった掃き出し窓を見遣って、芦名がどこか楽しげに微笑む。

言うまでもなく、警視庁の捜査班が現着したのだ。ＳＡＴも、突入部隊と援護部隊に分かれ、一部の隊員は林の中や近隣の建物に潜み、ライフルを構えているだろう。

現場の指揮官は公安部公安総務課課長の長倉警視だが、長官官房から審議官が来ているとなると、斯波虎之助と昵懇らしい警察庁長官が、虎之助の要求に従って現場にあれこれ便宜を図らせようとするのではないか。最悪の事態が頭に浮かび、深瀬はぎゅっと歯を噛み締めた。こんなときでも脇坂が落ち着き払っているのが頼もしい。

斯波が原稿を読み始めて十分経つ。半分以上読んだことになるが、まだ決定的な打撃を与えそうな告発はされていない。ライブ配信は徐々に視聴者数が増えていく傾向があるようなので、始まってすぐよりも半ば以降に重要な発表を入れたほうが拡散力を期待できる。虎之助や信寛にとって致命傷になりかねないことはここから先に出てくるのだろう。今頃二人は配信を見ながら生きた心地もせずにいるかもしれない。

その前に、なんとしてでも配信を中止させろと警察上層部に圧力をかけているはずだ。

二人にとっては武則の身の安全より、自分たちの保身が第一で、むしろ今この段階で永久に口を閉ざしてくれというのが本音ではないかと思われる。

このまま読み進めれば爆弾は時間内に止められる算段が高いが、今警戒しなければいけないのは爆弾ではなく、突入のどさくさに紛れて芦名や斯波を狙うかもしれない凶弾だ。そんなふうに考えたくはないが、考えざるを得ず、気が滅入る。

「ここからは義祖父、斯波虎之助と、義父、斯波信寛にも関係した話になるのですが……」

斯波がついに二人に焦点を当てる発言をしたときだ。

ガシャーン！

いきなりテラスに面した窓ガラスが割れる派手な音がした。

「うわああっっ！」

斯波が動転した声を上げ、恐慌をきたしたかのごとく椅子から立とうとして、そのまま床に転倒する。

爆弾が爆発したのかと勘違いし、足を縛られていることを忘れ、逃げることで頭がいっぱいだったのだろう。

「あいつら、めちゃくちゃだ」

まだ深瀬たちが中にいるとわかっていながら、強行突入作戦が開始されたのだ。

「深瀬！」

「わかってる！」

遮光カーテンが閉まっていたためガラスの破片はほとんど室内に飛び散らなかったが、破れた窓から今度は催涙弾が投げ込まれ、たちまち部屋中に煙が広がった。

深瀬も脇坂もすでに動いていた。

深瀬は芦名を、脇坂は斯波を。

刺激性の白い煙で視界を遮られる前に、芦名の許に駆け寄る。

「こっちだ！　来いっ！」

芦名を抱き支える体勢で、玄関側の取り次ぎに出る。

玄関には頑丈な閂が掛かっており、わざわざここを蹴破って入るより、テラス側から直接リビングダイニングキッチンに突入すると踏んだ。

取り次ぎを抜け、芦名を寝室に連れ込み、ドアを閉める。

「こっちの部屋は催涙弾を投げ込まれてないから大丈夫だ。言っておくが、この周辺は完全に包囲されている。逃げ場はない。外の連中に乱暴な扱いを受けたくなかったら、俺が戻ってくるまでここにいろ」

催涙ガスを少し吸ったらしい芦名は咳き込みながら頷く。目も痛めたようで、赤くなって涙が出てきてまともに開けていられないようだ。この状態ならしばらく動けないだろう。

迷った末、深瀬は手錠を掛けるのを後回しにすることにした。

芦名の性格からしてこの期に及んで逃げはしないと思われたし、深瀬自身、手錠を掛けられた芦名を見たくない気持ちが正直あった。

それより他にも、まだやることがある。

爆弾がどうなったか確かめなくてはいけない。爆発物対応専門部隊が回収したとは思うが念のためだ。

脇坂と斯波が無事かどうかも気になる。

深瀬は深く息を吸い、よし、と気合を入れて、再び出ていく。

リビングダイニングキッチンは催涙ガスが充満して視界が悪かった。

斯波は足を縛られて歩けない状態だったので、芦名のように素早く部屋の外に連れて出るのは難しかったはずだ。

テラスを見ると、斯波はそこにいた。脇坂が背負って連れ出したようだ。

爆弾は設置されていた場所にない。

専門部隊が時限装置を解除して回収したのだろう。ひとまずホッとする。

あっという間の制圧だったのがわかる。

斯波はテラスの手すりに背中を預け、放心したようにぐったりしている。潑剌（はつらつ）としたいつもの姿はどこにもなく、精神的なダメージが強すぎて、体に力が入らないようだ。すでに足は自由になっていたが、そのことに気づいているかどうかも定かでない。裏社会の人間と斯波家の癒着について喋ったことを今更ながらに後悔し、どんな報復が待っているかと怯（おび）えているようでもある。打算に打算を重ねてきた人生だろうから、いずれそのツケを払わされるときは来たかもしれないが、こうなると少々同情を禁じ得なくなる。

「深瀬。芦名は無事か」

敷地を囲む捜査官たちの許へ行っていた脇坂が戻ってきて、深瀬に近づき、肩を摑んで労（ねぎら）うように一叩きする。

頼りがいのある手で触れられただけで、深瀬はホッとした。気持ちが幾分軽くなる。

「催涙ガスにちょっとやられたみたいだが、無事だ。リビングの煙もだいぶ薄れたし、手錠掛けてくる」

「その役目、俺が代わらなくて大丈夫か」

「……たぶん。芦名はすっごく嫌な顔しそうだけど、自業自得だろ」

「そうだな」

脇坂は同意してから、心持ち表情を引き締める。

「何かあったのか？　さっき向こうで長倉さんと話していただろ」

深瀬は脇坂の顔を見て首を傾げた。

「ああ。爆弾のことだ。あの爆弾、起爆装置が外されていた」

「え？　百井が不発弾を売ったってこと？」

「いや。おそらく芦名が爆発しないように手を加えたんだろう。少なくとも斎賀は本気で天沼議員を狙っていたと思う」

「だよな。芦名に裏切られたと知ったとき、青天の霹靂みたいな顔をしてたし」

「斯波も爆弾を本物だと信じて動転していた。俺たちは皆、芦名に一杯食わされたんだ。あいつは最初から、斎賀たちが計画していた爆弾テロに加担する気はなかったんじゃないのか。計画を不発に終わらせるために、仲間の振りをして斎賀を信用させ、爆弾を預かり、細工した。

そして、斎賀が捕まって身動きが取れなくなると、私情も交えて標的を斯波議員に変え、俺たちが追ってくるように部屋にこの場所を示唆する書類をわざと置いたままにしておき、端(はな)から止めさせるつもりで偽爆弾事件を起こした」

「ちょっと待てよ。なら俺も思ってたことを言っていいか。あいつが持っていた銃、あれ、ものすごく精巧なモデルガンだと思う」

「やっぱりおまえもそう思っていたか」

深瀬は脇坂とじっと顔を見合わせた。

「あいつ、なんなんだ。どういうつもりでこんな大それた事件を単独で起こしたんだ。わかりづらいにも程がある……！」

「噂(うわさ)をすれば、だ」

芦名がリビングダイニングキッチンを横切って、深瀬たちがいるテラスに近づいてくる。まだ目が充血しているが、それ以外は治ったようで、足取りもいつもの優雅さを取り戻している。

言いたいことや聞きたいことは山ほどあるが、他の捜査官たちの手前、手錠を掛けるのが先だ。ポケットに手を伸ばしかけたとき、西日を受けてチカッと一瞬光るものが視界に入った。

咄嗟(とっさ)に深瀬は脇に手を入れ、ホルスターから拳銃を抜いていた。

ほぼ同時に脇坂が芦名に飛び掛かり、引き倒す。

パーン！　と乾いた木が爆ぜるような音がして、テラスの木の床に銃弾がめり込む。

林の中から何者かが芦名を狙って発砲した。

深瀬は銃を構えたが、有効射程距離五十メートルのＨ＆ＫＰ８では届かないと諦め、腕を下ろす。一発撃つやいなや身を翻して逃げた狙撃手の背中が、瞬く間に見えなくなる。それを歯噛みしながら見送った。

「大丈夫か」

芦名に覆い被さる格好になっていた脇坂が起き上がり、芦名に手を貸す。

「ええ。おかげで助かりました。ありがとうございます」

なんだか妬ける光景で、深瀬はむすっとしたまま、今度こそ手錠を手に取った。

芦名は深瀬を真っ直ぐ見て、素直に両手を揃えて差し出してきた。

白く細い手首に無骨な金属の輪を嵌める。

「午後五時二十七分」

芦名正樹、逮捕。

6

芦名を警視庁に送致する役目は長倉課長の部下たちに回された。

パトカーに乗せられた芦名は凜とした印象で、あたかも逮捕までの筋書きを最初から自分で決めていたかのような潔さ、後悔のなさが窺えた。

発車する際、大勢の捜査官たちの中から、わざわざ脇坂と深瀬を探し当て、目を合わせて一礼してきたときも、いっそ小気味よさを感じるほど清々しげだった。

「俺、やっぱり、嫌いじゃなかったな……」

独り言のつもりが、声が大きくなった。

「なんのかんのと言いながら、おまえは最初からあいつに興味があって、少なからず惹かれていただろう。人を惹きつける魅力のある男だと俺も思う」

「おまえも関心持ってた？」

「そうだな」

脇坂は否定せず、あくまでも一人の人間としてだ、と補足する。深瀬が妙な勘繰りをしないように気遣ってのことらしい。

「初犯でも実刑判決が出ると思うか？　爆弾は持っていたけど、肝心の起爆装置が外されていて爆発はしないものだったし、拳銃も偽物だったとなると、結局、監禁罪と脅迫罪での起訴ってことになりそうだな。本人は覚悟してるっぽかったけど」

元総理と元大臣という大物政治家まで絡んだ案件なだけに、世間の注目も浴びるだろう。

「考察すればするほど、芦名は斯波武則に暴行を働く気はなかったと思えるんだよな。俺としては、そのあたりの真実を明らかにして、その上で正当な量刑が科せられたらいいと願ってるんだけど」

「その点は俺も同意見だ」

脇坂は慎重な物言いをする。

「それに、まだ解決していないこともある」

「そうだよ！　ライフル撃ったやつ」

芦名に向けて発砲した犯人はまだ確保できていないが、慰留品の弾丸から、使用されたライフルは特定されている。近年裏社会で頻繁に取り引きされている密輸品と同タイプであることから、斯波に政治家との癒着を暴露された件と関係があると見て、現在捜査中だ。この捜査は四課の担当となった。

「幸い、芦名も斯波も無事保護できた。そこは本当によかったよな。まぁ、斯波はこれから大変そうだけど」

斯波は救急搬送され、政治家御用達の大病院の個室に入院した。

中断されたライブ配信がトレンドの上位に入るほど話題になっていて、最後はマジ映画だった、この話が真実なら政治の世界の闇やばすぎ、などというトークがＳＮＳでタグを付けて拡散されており、名門斯波家に対するバッシングが恐ろしい勢いで増え続けている。

おそらく武則は妻と離婚させられて斯波家を放逐され、二度と政治の世界には戻れないだろう。妻の実家という後ろ盾以外何一つ己の基盤を持たない五十代の男性が、冷ややかな眼差しを向ける世間に裸で放り出されるのだ。芦名にもし斯波に対する報復の気持ちがあったとすれば、それは十二分に果たされたと言っていいだろう。

「芦名のあのやり切った感は、この結果に満足しているからなんだろうな、きっと」

「おまえは、芦名を惜しんでいるのか」

脇坂に鋭いところを突かれ、深瀬は否定できなかった。

「もう少し早く再会していれば、もしかすると、こんな結果にならずにすむ方法を見つけられはしなかったかな……と、考えてしまうんだ。あんな涼しい顔をしていながら、めちゃくちゃ肝が据わっていて、おまけに爆破物にも拳銃にも通じてるっぽい一般人、そうそうお目にかかれなくないか」

「そう思っているのは、おまえだけじゃないかもな」

脇坂が意味深なことを言う。

深瀬はてっきり脇坂が自分の話をぼかしてしたのだと思い、やっぱりおまえもか、とニヤリとする。

「そういえば、野上さん、何か言ってたか」

野上への報告は脇坂がしていた。

「斎賀がついに口を割って喋りだしたそうだ」

爆弾が芦名の手で改造され、斯波の脅しに使われた時点で、天沼を狙う斎賀の計画は水泡に帰し、斎賀も黙秘している理由を失い、聴取に応じだしたらしい。

「今回もよくやってくれた、お疲れさま、とおまえにも伝えておいてくれと言っていた」

「ってことは、とりあえず一件落着したと考えていいのかな」

「とりあえずはな」

脇坂の言葉に、深瀬は肩の荷が降りた気持ちになった。

あとは——脇坂を独り占めして存分に貪りたいという、個人的な願望がむくむくと頭を擡(もた)げてくる。

脇坂と二人きりになって飢えを満たしたい。深瀬の頭の中は、今やそれだけだった。

我ながら動物的すぎて笑えるが、脇坂の前で己を取り繕っても仕方ない。たぶん脇坂はなんでも見透かしてそうだ。

「なぁ。祐一（ゆういち）。今夜、うちに来ないか。……それとも、誰かと先約ある？」

深瀬は気恥ずかしさから、あえて自虐混じりの言い方で脇坂を誘った。

「本気で言ってるのか」

「えっ。何が？」

脇坂から真顔で聞き返されて深瀬は狼狽（うろた）えた。やはり自分には持って回った言葉や態度は合わない。愚直と思われてもかまわず、真っ向からはっきりと、思ったこと、したいことを言うほうがよかったようだ。

そう思っていたら、脇坂のほうからはぐらかしやごまかしのない返事がスパッと来た。

「今夜他の誰かと約束なんかするはずないだろう」

日頃、あまりこういうことを言わない男から、さらりとこんな言葉が出ると、嬉（うれ）しさと面映（おもは）ゆさで、体が熱を帯びてくる。照れ隠しに決まってるだろ、馬鹿、と胸の内で大好きすぎる恋人をなじる。

軽井沢から東京までの新幹線が、行きにも増して、遅く感じられた。

　深瀬が一人暮らししている目黒のマンションに、脇坂と共に帰ってきた。

　間取りは１ＬＤＫだが、広さがあるので一人で住むにはもったいない物件だ。それで先日、そろそろ同棲を考えたりしないか、という質問がぽろっと口を衝いて出た。我ながら大胆なことを言ったものだと、思い出して気恥ずかしくなる。

「夕飯どうする？　冷凍食品ならいろいろ買い置きしてあるぜ。野菜とか卵とかの常備品もいちおうあるはず」

「あとでいい」

　脇坂はキッチンに行こうとした深瀬の肩に手を掛け、体を半転させて自分の方に向き直らせると、顔を近づけてきた。

　性急さはまるで感じられず、余裕たっぷりで、腹が立つほど冷静に見えたが、湿った粘膜を押し付けると同時に強い力で抱き竦められ、荒々しく貪るようなキスをされて、不意を衝かれた心地だった。

「んっ……ンンッ、……う」

　強く吸われ、まさぐるように唇を動かし、隙間をこじ開けて舌を滑り込ませてくる。

濡れた舌が深瀬の口腔を舐め、感じやすい口蓋を擽る。舌を搦め捕られるのもあっという間だった。滲み出てきた唾液が口の中に溜まっても嚥下できず、唇の端から滴らせてしまう。それを脇坂は指の腹で拭い取り、濡れた指で頬を撫でてきた。

「ベッド、行こう」

深瀬はキスの合間に息継ぎして、短い言葉で脇坂を誘導しようとした。

「先に一回、いいか」

「い、いいけど、なんで？」

「向こうに行ったら見境なくやってしまいそうだからだ」

そんなのべつにいいのに、むしろ嬉しい、と思ったが、めったに使わないアイランドキッチンに、尻を差し出す形で腹這いの姿勢を取らされた途端、味わったことのない淫らな感覚が押し寄せてきて、抗えなくなった。

帰ってくるやいなや上着を脱いでネクタイを外していたが、夏物の薄手のシャツを通してクオーツストーンの天板のひんやりした感触が肌に染みてきて、乳首がキュッと硬くなる。そうやってツンと尖り出した肉芽に自重が掛かり、天板に押し付けられ、潰される。身動きするたびに擦れもして、淫猥な疼きが下腹部を痺れさせ、はしたない声を洩らしそうになる。

脇坂の手が深瀬の腰に回されてきて、ベルトを外し、ズボンのウエストを開く。

伸縮性のあるブリーフごと膝までずり下ろされ、柔らかみの少ない尻を剝き出しにされた。キッチンでこんなことをしている、と思うと、遅ればせながら猛烈な羞恥心が襲い掛かってきた。今日は濃紺の下着穿いていたっけ、などと余計なことが頭に浮かぶ。

背後で脇坂が上着を脱ぎ、深瀬の頭の近くに投げ置いた。続いてシュルッと色っぽい衣擦れの音をさせ、ネクタイを抜き去る。

エアコンの作動音もしない静かな室内で、性感を煽る物音や息遣いが生々しく耳朶を打ち、情動が高まっていく。

脇坂も前を寛げたのが、ファスナーを下げる音でわかり、深瀬は期待を募らせ、熱っぽい息を洩らした。

最初は冷たかった天板が、体温に馴染んでぬるく感じられる。それでも、火照った頰を片方押し当てると、やはりひんやりしていて、心地よく熱を和らげてくれた。

「使わせてもらうぞ」

下部収納の扉を開けてオリーブオイルの瓶を出す。

ぬるっとした液体を纏った指を、もう一方の手で開かされた双丘の間の窪みに擦り付けられる。襞の一つ一つを濡らすように丁寧にオイルを施され、窄んだ中心に指を一本埋められる。

「はぁあ……っ」

ずずっと長い指が狭い器官を掻き分け、付け根まで挿ってくる。

オイルのおかげで滑りがよく、ゆっくり抜き差しされると、えも言われぬ快感が体の深部から湧き起こり、じっとしていられずに腰を揺らしてしまう。

「気持ちいいか」

「あ、だめっ。その声、ずるい」

色香に満ちた低音ボイスを耳元で聞かされ、後孔を抉りながら、芯を作り始めていた陰茎まで空いている手で摑んで揉みしだかれる。

たまらない悦楽に深瀬は天板に縋り付き、背中を戦慄かせて喘いだ。

性器はみるみる硬度を増し、痛いくらい張り詰める。鈴口に浮き出たベタつく雫を亀頭に塗り広げられ、指の腹で擦り立てられる。併せて後ろを穿つ指を二本に増やして筒の中でグリッと回される。

「ああぁっ、あっ！」

敏感な部位を責められ、深瀬は拳を握り、頭を浮かせて嬌声を放った。

脇坂の指を二本付け根まで咥え込んだ秘部が、ヒクヒクと猥りがわしく収縮し、指を貪婪に食い締める。

「少し緩めろ」

宥めるように尻肉を軽く叩かれ、その刺激にも感じて艶めかしい声を出す。

ずるりと揃えた指が抜かれ、代わりに猛った男根の先端を充てがわれる。

熱と硬さと大きさがまざまざと想像できて、思わずコクリと唾を飲む。もう何度となく受け入れてきた愛しい男の一部だ。数え切れないほどの愉悦を味わわされ、泣いて喘いで縋り付き、歓喜にまみれた。

「焦らすなよ、祐一」

「少しだけ待て」

オイルが足され、秘部をたっぷりと潤わされる。脇坂は己の陰茎にも施し、竿全体を二、三度扱いて丁寧に濡らしているのがわかった。

準備を終え、双丘を左右に開かれる。

天井灯がついたままの明るい部屋で、アイランドキッチンに上体を這いつくばらせた格好で、恥ずかしい部位を暴かれる恥ずかしさ。深瀬は「見るな」とくぐもった声で訴え、まつ毛を震わせた。

見られている。恥ずかしい。けれど、どうしようもなく昂奮する。

早く一思いに貫かれ、奥までみっしりと埋めてほしい。誘うように秘部がひくつく。

ぬめった先端が窄まりを押し広げ、ずぷっと突き入れられてくる。

「はっ、あ……っ！」

　狭い筒の内側を擦り立てつつ、太くて硬い陰茎が奥へ奥へと進められてきて、深瀬は開いたままの口からひっきりなしに喘ぎを洩らした。

　脇坂と体を繋ぎ、悦楽を共有する。

　互いに全部見せ、他では絶対にできない体勢で一つになり、何ものにも代え難い愛情を確かめ合うこの行為が、深瀬は大好きだ。脇坂としかしたことがなくて、脇坂にしてもらうことしか知らないが、他の誰かとやってみたいという気にはさらさらならない。

「あ、あっ、深い……」

「いつもと体位が違うからな」

　深瀬の中で悦楽を得ているのが表れた艶っぽい声で囁き、さらに腰を押し付けてくる。猛った雄蕊に深々と串刺しにされ、深瀬はひいっと乱れた声を上げ、ビクビクと腰や背中を痙攣させた。

　脇坂の腰骨が深瀬の臀部にぶつかり、根元まで入ったのだとわかる。

「……ふ。相変わらず、すごい締め付けだ」

「ば、ばか、耳に息吹きかけるなっ」

　熱の籠った息をかけられただけでも官能を擽られ、イキそうになる。

重なり合った肌と肌が汗ばんできて、いっそうエロティックな気分が高まる。自分と相手の湿った部分を密着させる行為はとても淫らだと思う。

「こうしているとき、動揺して可愛い悪態をつくおまえ、いいな」

「あ……あっ。あっ」

両手で腰を押さえ、ゆっくりと抜き差しし始める。

オイルで濡らされた粘膜を、ガチガチに張り詰めた剛直で擦られ、奥を叩かれ、突き上げられる。そうやって脇坂が動くたび、体が吹き飛びそうなほどの法悦に見舞われ、脳髄が痺れ、何も考えられなくなる。気持ちよすぎて、どうにかなってしまいそうだ。惑乱したように喘ぎ、啜り泣き、淫らなことを口走る。

脇坂は深瀬の様子を見ながら抽挿の速度を加減していた。その緩急のつけ方が絶妙で、深瀬は何度も悦楽の頂まで登らされてははぐらかされ、また登らされるという翻弄のされ方をし、もう許して、いかせて、となりふり構わず哀願した。深瀬も体力にはそれなりに自信を持っているが、相手が脇坂では最後まで同じペースでついていくのは難しい。深瀬は負けず嫌いなので悔しいが認めざるを得ず、それはセックスにおいても同様だった。

繰り返し揺さぶられ、内側からいいところを突いて攻められ、汗ばんだ体を指や手のひらで愛撫される。ワイシャツを捲り上げ、背中や脇にキスを散らされ、指を這わされた。

しばらく構われなかった性器を握り込み、薄皮を上下に扱かれる。

「アアアッ、アッッ」

頭の中で数え切れないほどたくさんの火花が一斉に散った気がして、刺激の強さに耐えられず、頭が真っ白になる。

性器が弾(はじ)け、下腹部に強い官能の疼きが湧き起こり、痺れが走る。

精液を吐き出すとき、後孔がきゅうっと窄まり、肉の環で脇坂を締め付けていた。

くっ、と脇坂が色香に満ちた呻(うめ)きを洩らし、抽挿を速める。

達したばかりで刺激に敏感に反応してしまう体に最後の追い込みをかけられ、深瀬は乱れて泣き喘いだ。

歓喜と苦しさが一緒くたに襲ってくる。だが、決して嫌なわけではなく、脇坂になら何をされてもいい、壊されてもいいと思う。深瀬がどうなっても脇坂なら受けとめてくれる。揺るぎない信頼があった。

「……っ、心(しん)……！」

深瀬の名を呼んで、脇坂が腰の動きを止める。

「祐一」

深瀬の中で、昂(たかぶ)りきった脇坂の雄蕊がドクンと脈打つ。最奥に迸(ほとばし)りを浴びせられたのがわかり、深瀬はブルッと胴震いした。

あえかな声が出る。

脇坂は達してもすぐには抜かず、繋がったまま上体を倒して深瀬に覆い被さってきた。横向きにしていた顔や、振り乱れた髪に指と唇を走らせ、息を乱して喘ぐ口を優しく吸い、深い情を見せる。

「おまえとすると、俺、自分が自分でなくなるみたいで、ちょっとこわい」

「なら、もうこういうのはなしがいいか」

長い指で額の生え際を梳(す)き上げられ、心地よさにうっとりする。

「そんなわけないだろ。俺、おまえが好きすぎて、好きすぎて、おかしくなりそうだって言ってるんだから」

「そうか」

それだけかよ、と呆れるほど脇坂は肝心なとき口数が特に少なくなる。

だからといって深瀬まで遠慮して、言葉にせずとも察しろよ、などと気取っていたら、ちゃんと気持ちが通じているのか確かめようもなく、不安で仕方なくなって、精神衛生上よくないのが目に見えている。

どんなにみっともなかろうが、「好き」と「愛している」は何回でも脇坂に伝える。

一度不本意な別れの期間を経てから、深瀬は決めていた。のし掛かったままの脇坂の重さと熱が心地いい。

深瀬はしばらくこの幸せな感覚を味わっていたくて、ぼうっとしていたが、雰囲気をぶち壊すキュルッという音がして、我に返った。

「あぁあ」

「鳴ったな」

脇坂がおかしそうに言い、ゆっくりと深瀬から身を離す。

「何か作るか。俺もいい感じに腹が減った」

深瀬の中を埋めていたものが抜けていく。まだ繋がっていたい気持ちもあったが、今夜脇坂は泊まっていくつもりだと察せられたので、我慢する。続きはベッドでしてくれるだろう。

「芦名、どうしているかな」

後始末をして服を着直しながら、ずっと気になっていたことを呟く。

脇坂は深瀬を見たが、何も言わなかった。

深瀬もそれ以上この話題を引っ張ることはせず、髪を手櫛(てぐし)で大雑把に整えながら、冷蔵庫を覗きにいく。

「あ、しゃぶしゃぶ用の豚肉があった。卵、牛乳、バター、ミニトマト、きゅうり、レタス。

デパ地下で買ったパテもある」

見つけたものを挙げていく。

「豚しゃぶとレタスのサラダはどうだ。簡単だが美味(うま)い。バゲットか何かあるならパテをつけて食べられる」

「パンも冷凍してる。白ワインが合いそうだな。ちょうど一本冷やしてるし」

あっという間にメニューが決まる。

セックスも愉(たの)しいが、こんなふうに一緒に料理らしいことをして食事をしたり、風呂に入ったりして共に過ごすのが深瀬にとっては何よりの幸せだ。

やっぱり、同棲、一度はしてみたい——そんなことを考えつつ、任務が一段落した夜を脇坂と二人で過ごした。

＊

【斯波武則氏、入院先の病床から緊急謝罪会見】

【動画配信は罰ゲームの悪ふざけ？「誤配信でした」！】

【前代未聞の人騒がせ。議員辞職避けられず】

翌朝、大手新聞各誌の一面にこのような大見出しが躍った。

インターネットの国内ニューストレンドランキングも、上位はずっとこれ関連のワードで占められており、この日一日他の話題に取って代わられることはなかった。

過労と、過度のストレスによる精神不安定に加え、持病が悪化して入院を余儀なくされた、と発表した斯波武則は、昨日のライブ配信は、システムを理解しないまま誤って全体公開にしてしまったもので、全て事実無根、親しい友人たちとの間で行った罰ゲームだった、とベッドの上から上体だけ起こした格好で謝罪したとのことだ。

世間を騒がせ、心配をかけ、勝手に名前を使わせてもらった関係者にかけた迷惑は計り知れず、遊びでしたの一言では到底許されるものではない。責任をとって今日付で衆議院議員を辞職し、今後は政界から身を引くと、蒼白(そうはく)な顔で、全身を瘧(おこり)にかかったかのごとく震わせながら謝罪し、三分近く頭を下げ続ける様子がテレビやインターネットで繰り返し流された。

「なるほど。こういう幕引きの仕方をしたわけか」

一夜明けてみれば、昨日の爆弾テロ事件は現場で任務に就いていた深瀬や脇坂が全く与(あずか)り知らぬ、どこの異世界の話だと首を捻(ひね)るほかない事件にすり替えられていた。

「斯波虎之助、信寛親子は『苦笑い』、その他名指しされた大物ヤクザや芸能プロダクション社長らは『配信を見ていないのでわからない』『議員をお辞めになるなら、役者に転身されるといいのでは』とほぼ相手にしていないそうだ。おそらく今日中に斯波議員の離婚届提出が記事になり、名前を園田武則に戻したと報じられるんじゃないか」

脇坂はこうなる可能性も頭にあったようで、いつも通り淡々としている。

「しかし、金と力を持った連中が総出で捻じ込めば、ここまで無理が通るのかよ。まさに道理が引っ込んだな。野上さん、よく引き下がったな」

「野上は、駆け引きした上で落とし所を見つけたんだろう」

「ちょっと意外だな。俺が思っているよりしたたかなのかな」

深瀬は正直少しがっかりしていた。結局は野上も組織の人間で、長い物には巻かれろなのか、とこれまで抱いていた浮世離れした印象を崩された気がしたのだ。

「あそこまで上っているからには、それはしたたかには違いないだろう。転んでもタダでは起きないということだ。だが、がっかりするのは、いささか早計な気がするが」

「祐一は、野上さんを信じている？」

「ああ」

脇坂の迷いのない真摯な顔つきを見て、深瀬はふうんと思い、少し気が晴れた。

「なら俺も。俺は野上さんのことはまだよくわからないが、おまえのことは信じているし、これからもついていくと決めているから」

深瀬はサバサバした調子でキッパリと言い切り、ふわりと脇坂に微笑みかける。

「いいのか、それで」

脇坂はなんとなく照れくさそうだった。柄にもなく目を伏せ、視線を逸らす。

「いいんだよ」

深瀬はソファの上で脇坂にぐっと接近し、身を寄せると、昨日、さんざんいやらしいことをして啜り泣かせてくれた形のいい唇をチュッと啄んだ。

軽いキスをしただけで、何度も突っ込まれ、擦り立てられた体の奥が淫らに疼く。

朝食をすませたら、もう一度ベッドに行きたい、と脇坂の耳元で囁く。

脇坂の返事は、濃厚なキスで返ってきた。

エピローグ

今夜の予定は、と野上に聞かれたので、脇坂は、深瀬とときどき行くバー『夜間飛行』で待ち合わせしていると話した。

「すぐ退散するので、その前に五分だけ時間をくれないか」

「もちろん構わないが」

そろそろ野上から何か言ってくるだろうと予測していたので、脇坂は、来たか、と思っただけだった。

斯波武則の辞職が電光石火の早さで承認されてから一週間経つ。今や斯波武則は、園田武則という名前の五十代無職男性だ。大物政治家御用達の病院もすでに出ていて、現在雲隠れ中だ。メディアがこぞって捜しているが、見つからないらしい。

脇坂が深瀬と約束した時刻の十分前に『夜間飛行』に行くと、いつもいるダンディな印象の初老のバーテンダーがカウンターの中からお辞儀をして出迎えてくれた。

磨き抜かれた一枚板の立派なカウンターには、見慣れたスーツ姿があり、店に足を踏み入れた瞬間に背中を一瞥しただけで野上だとわかっていた。

照明を絞った薄暗い店内には、カウンター席の他にテーブルが配されたフロアがあって、そこにはセンスのいいツバ広の帽子を被った女性客が一人だけ座っていた。待ち合わせでもしている感じで、ドレスと同じ色のロングカクテルを手元に置いている。夏に似合いのシンガポール・スリング。顔は見えないが、何ともお洒落で印象的なレディだと思った。

「お疲れさまです」

脇坂は野上の隣の椅子を引き、一礼して腰掛ける。

バーテンダーが冷たいおしぼりと革製のコースターを脇坂の前に置く。

「ボンベイ・サファイアをロックで」

畏まりました、とバーテンダーが離れていく。

野上はオールドファッショングラスに入った琥珀色のカクテルを飲んでいる。たまに注文しているラスティ・ネイルだろう。

「デートの前に時間を割かせて悪かったな」

「いや。深瀬とはほぼ毎日顔を合わせているんで、デートなんて感覚じゃない」

「そんなことを言うと深瀬がムッとするぞ。まぁ、きみたちの仲睦まじさは犬も喰わないあれだから、私などが余計なお節介を焼くまでもないだろうが」

こういう話題は元々あまり得意ではないため、脇坂は微かに頬を緩めただけで受け流す。

「話というのは？」

野上さえ差し支えないのであれば、深瀬が今ここに現れても脇坂は構わないのだが、いちおうあまり時間がないと、自分から本題に触れた。

「紹介したい人がいる」

野上はグラスを持った手の薬指を僅かに動かし、テーブル席の一人客を指し示す。

そう来たか、と脇坂は瞬時にこの状況を理解した。

「なるほど。このためにあの奇天烈な茶番劇に一枚噛んだんだな」

「優秀な仲間になると踏んだ」

「あなたがそう言うのなら、そうなんだろう」

野上藤征の目に狂いはない。それは常々感じていることで、立場的にも脇坂が反対する理由はなかった。

「そういうわけなので、あとは頼む」

野上は話し終えると同時にグラスの酒を綺麗に空けており、すっと椅子を立つ。全ての所作が流れるように美しく、悠然としている。

「ありがとうございました」

バーテンダーの見送りを受けて野上が店を出ていくと、入れ違いにテーブル席にいた女性が脇坂の傍に近づいてきた。

野上が座っていたのとは反対側の、脇坂の隣に、優雅な身のこなしで座る。

「あんまり驚かないんですね」

元々中性的で柔らかな声音をしているが、こうしてドレスを着てツバのある帽子で上手に顔半分に影を落とすと、知らない女性にしか見えない。

「驚いたといえば驚いたが。無事な姿を見られてなにより。あいつもきっと安堵するだろう」

「ああ、あなたの可愛い恋人」

「知っていたのか」

元より隠す気もなかったが、面と向かって言われると気恥ずかしさが先に立つ。

「私は深瀬さんに嫌われていると思いますから、今夜のところはお会いしないほうがよさそうです」

深瀬は意地を張って認めないかもしれないが、実はそうでもない。あいつはおそらくきみを嫌ってはいないはずだ、と脇坂は胸の内で否定しながら、口にも表情にも出さずにいた。

再び店のドアが開く。

振り返るまでもなく深瀬だ。ふわりと空気が揺れて、サンダルウッドの品のいい香りが微かに嗅ぎ取れた。深瀬の家で風呂に入ると、脇坂もしばらく髪や肌からこの香りが上り立つ。

店に入ってきた深瀬は、脇坂の隣に印象的な雰囲気の女性が親密そうに座っているのを見て、わかりやすく顔色を変えた。本当に、素直で正直で、ヤキモチを焼いても可愛い、憎めない性格の男だ。育ちがいいというのは、深瀬のような人間を指して言うのだと常々思う。

「それでは、私はこれで。また近々お目にかかるかと」

出入り口に立ち尽くしたまま目を瞠り、何か言いたそうに唇を開きっぱなしにしている深瀬にわざと聞かせるかのように、芦名は思わせぶりな言い方をして席を立つ。

「ああ。よろしく」

脇坂は短く答え、立ち去る姿には目もくれず、霜がついたグラスの中身を一口飲んだ。とろりとした、よく冷えたジンが、喉を通って胃の腑に落ちるのを意識する。

入れ替わりに深瀬がツカツカと足速に近づいてくる。

「ちょっと。誰だよ、今の女っ」

傍に立って、嫉妬心剝き出しで眉を吊り上げる深瀬に、脇坂は苦笑を禁じ得ない。

「新しい仲間だ」

「はあ？　もしかして、もう次の任務が下りてきたのか？」

「いや」

まぁ座れ、とさっきまで女装した芦名が座っていた椅子を勧める。

深瀬ですらここまで騙せるとは、大したものだ。

「今夜は約束通り俺はお前だけのものだ」

柄にもないセリフが口を衝いて出る。冷静になると恥ずかしいが、今は必要な言葉だと本能的にわかった。

「えっ」

深瀬も意外だったらしく、虚を突かれた声を発しながらも、みるみる顔を赤らめる。

やはり言ってよかった。たまには饒舌さも必要だ。この程度では到底饒舌とは言えないかもしれないが。

「何になさいますか」

初老のバーテンダーが深瀬に聞く。

深瀬は脇坂の手元を見て、「同じものを」とオーダーし、清潔な色香を漂わせた笑みを浮かべて脇坂を魅了したのだった。

あとがき

「夜間飛行」の続編になります本作をお手に取っていただき、ありがとうございます。脇坂と深瀬という主人公たちをまた書くことができて幸せでした。

口数が少なく無愛想な攻と、率直に思ったことを言葉にして感情表現も豊かな受、この組み合わせが大好きで、脇坂と深瀬は私の中の王道的キャラクター造形だと思います。視点がほぼ深瀬なので、特に深瀬に感情移入してしまうのですが、前作も、今作も、自分のキャラクターながら可愛くてたまらず、書いている間ずっとニヤニヤしていました。読者の皆様にも可愛がっていただけるキャラクターになっていれば嬉しいです。

前作では中東の国シャティーラが舞台でしたが、今回は日本国内でのお話で、二人の上司である野上についてと、深瀬の家族や実家についても少し突っ込んで書きました。野上は「疵と蜜」という作品に脇キャラとして出たのが最初ですが、ここにきて、だいぶ職業的な身分が明かされてきた感じです。野上に興味をお持ちの方がおられましたら、「疵と蜜」と、その続編にあたる「恋々」をチェックしてみてください。プライベートでの姿を見ることができます。

脇坂、深瀬、野上の他に、今回はもう一人、芦名という重要なキャラクターが登場します。

この芦名がまた私の好きなタイプで、深瀬と二人でショットバーに行くシーンは嬉々として書きました。今後どんな絡み方をするのか、あれこれ想像を巡らせるのが楽しいです。

イラストは引き続き笠井（かさい）あゆみ先生にお世話になりました。

いつもめちゃめちゃ楽しみにしている下絵の前のラフが、今回、首から下が面で表現されていて（いつもは線の印象が強かったので）、最初どうしてなんだろうと思ったのですが、あ、ひょっとしてホルスターを付けさせないといけないからかな、と気がつきました（違っていたらすみません・汗）。貴重なものを見せていただいた気持ちで、いっそう舞い上がりました。

今回も美麗なイラストで拙著を飾っていただき、本当にありがとうございます。

実は本作は当初全く違うストーリーになるはずで、そちらのプロットを通していたにもかかわらず、執筆途中で一度ならず二度までも「変更したいです」とお願いし、そのたびに全部捨てて書き直すという紆余曲折がありました。担当様には大変ご迷惑をおかけしました。申し訳ありませんでした。無事に脱稿できてよかったです。今後ともご指導ご鞭撻いただけますと幸いです。どうぞよろしくお願いいたします。

それでは、また次の作品でお目にかかれますように。

ここまでお読みいただき、ありがとうございました。

遠野春日（とおのはるひ）拝

この本を読んでのご意見、ご感想を編集部までお寄せください。

《あて先》〒141－8202　東京都品川区上大崎3－1－1　徳間書店　キャラ編集部気付
「存在証明」係

【読者アンケートフォーム】
QRコードより作品の感想・アンケートをお送り頂けます。
Chara公式サイト http://www.chara-info.net/

■初出一覧

存在証明……書き下ろし

Chara

存在証明

……【キャラ文庫】

2021年10月31日 初刷

著者 遠野春日

発行者 松下俊也

発行所 株式会社徳間書店

〒141-8202 東京都品川区上大崎3-1-1

電話 049-293-5521（販売部）

03-5403-4348（編集部）

振替 00140-0-44392

印刷・製本
カバー・口絵 株式会社広済堂ネクスト

デザイン カナイデザイン室

ISBN978-4-19-901045-3

遠野春日の本

好評発売中

［夜間飛行］

イラスト✦笠井あゆみ

夜間飛行
Vol de nuit
遠野春日
HARUHI TONO Presents

月明かりが照らす夜の砂漠で
男達が再び見つけた、一粒の恋の真実。

キャラ文庫

警視庁でトップを争う優秀なSPが、突然辞職して姿を消してしまった!?　恋人だった脇坂からの一方的な別れに、納得できないでいた深瀬。そんな深瀬を置いて、なぜか脇坂は秘密裏に中東へと旅立つ。「おまえは今、どんな任務を抱えてるんだ……!?」後を追って辿り着いた異国で、深瀬は失った恋の真実を目撃する——!!

遠野春日の本

好評発売中

[疵と蜜]

イラスト◆笠井あゆみ

「金は貸してやる。返済期間は俺が飽きるまでだ」そんな契約で、金融ローン会社の長谷(はせ)から融資を受けた青年社長の里村(さとむら)。幼い頃に両親を殺された過去を持つ里村には、どうしても会社を潰せない意地があった。頻繁に呼び出しては、気絶するほど激しく抱いてくる長谷。気まぐれのはずなのに、執着が仄見えるのはなぜ…？　関係に思い悩むある日、里村は両親を殺した犯人と衝撃の再会を果たし⁉

遠野春日の本

好評発売中

［やんごとなきオメガの婚姻］

イラスト✦サマミヤアカザ

名門伯爵家に生まれながら、オメガなんて末代までの恥だ――。自身の秘密をひた隠し、全寮制学院でベータとして生きてきた雅純。僕は誰とも恋もせず、番も持たずに死ぬんだ…。ところがその類稀な美貌と才覚で目を付けられ、同級生から襲われてしまう!! 窮地を救ったのは用務員の三宅。地味な作業着と帽子に身を包んだ三宅だが、接近した時、体験したことのない電撃のような衝動を覚え…!?